KB267431

기억으로 되살린 한 시절의 풍경

황매산 촌놈의 추억 이야기

윤병우 지음

4부 연구년 이야기

• 유년기의 추억을 공유하면서 (김재경 前국회의원)

• 공감으로 읽는 『황매산 촌놈의 추억 이야기』 (박주성 前부산대 교수)

• 시간이 비껴간 동심 (이준호 서울대 교수, 한국과학기술한림원 정회원)

• 진솔한 삶을 살아온 윤병우 교수 이야기 (임영주 고운최치원기념사업
  회장, 前마산문화원장)

서문

　현직에서 정년을 맞으면서 지난 추억을 되짚어 보았다. 나는 1960년 황매산 자락의 작은 마을에서 3남 5녀 중 일곱째로 태어났다. 밤이면 같은 방에서도 상대의 얼굴을 분간하기 힘들 만큼 희미한 호롱불 아래서 초등학교와 중학교 시절을 보냈다. 나무를 땔감으로 밥을 짓고 난방을 했으며 마을에 도로가 없어 1년에 보리와 나락 수매 때 단 두 번, 동네 뒷산 중턱 당산마루까지 오는 트럭이 내가 볼 수 있었던 자동차의 전부였다.

　전기나 매스컴이 없어 세상 소식을 들을 길이 없었고 황매산과 모산재를 중심으로 사방으로 둘러싼 산과 고개를 들면 보이던 하늘 아래가 세상 전부인 줄로만 알고 살았다.

　초등학교에 입학한 뒤 농업사회가 점차 산업사회로 바뀌어 가면서 일자리를 찾아 한 집 두 집 도시로 떠나는 사람들을 보았지만 도시는 여전히 내 상상 속에만 존재하는 공간이었다. 워낙 대가족이었던 우리 집은 끝까지 그곳을 지킬 수밖에 없었으나 덕분에 나는 자연 속에서 수많은 추억을 쌓을 수 있었다.

　내가 살았던 그때 모습은 지금 어디에서도 찾아보기 힘들다. 기억을 되돌아보면 황매산 자락에서의 어린 시절이 가장 아름답고 소중한 추억으로 남아 있다.
　정년이라는 인생의 변곡점에서 문득 그 시절의 추억들을 기록으로 남기고 싶다는 생각이 들었다. 하지만 어디서부터 어떻게 적어야 할지 막막했다. 지난날의 기록들을 하나씩 찾아보고 동창회나 가족 밴드에 올렸던 글을 모아 보았다. 기억의 실타래를 더듬으며 글을 쓰기 시작하자 잊고 지냈던 일들이 하나둘 떠오르기 시작했다. 어느새 내 머릿속은 유년 시절 아이들과 함께 자연에서 뛰어놀던 기억으로 가득 찼다.
　아직도 내 마음에는 동심이 살아 숨 쉬고 있다. 나는 영원히 철들지 않는 사람으로 남고 싶은 마음에 SNS에서 '피터팬'이라는 닉네임을 사용하고 있다.

　고등학교 진학과 함께 고향을 떠나 도시에서 학창 시절을 보냈지만 방학이면 어김없이 고향에서 지냈다. 나는 예비고사와 본고사가 함께 있던 대입제도의 마지막 세대였다.

석사과정 중 아내와 결혼해 부모님을 모시고 살았고 더 나은 교육환경을 위해 시골에서 올라온 중학생 조카 두 명과 함께 생활했다. 그 탓에 아내에게는 단출한 신혼의 시간을 주지 못했다.

박사학위를 받은 뒤 대덕연구단지의 국책 연구기관에서 근무했다. 대학으로 자리를 옮기면서 그동안 부산에서 혼자 아이를 기르며 교편을 잡고 있었던 아내와 함께 생활할 수 있었다.

현직에서 물러나며 어릴 적 추억과 내가 살아오면서 겪은 경험들을 한 권의 책으로 엮어 보고 싶었다. 개인적 삶이 아니라 그 시절의 시대상을 반영한 자전적 글을 적고 싶었다. 모쪼록 이 책을 통해 농업사회에서 산업사회로의 전환기를 살아온 동시대의 사람들이 자신의 옛 추억을 더듬고 고향의 향수를 느끼며 나의 추억에 조금이나마 공감해 주기를 바라는 마음이다.

2026년 봄
황령산 자락 연구실에서
윤병우 씀

1부
황매산 자락에서

황매산 촌놈의 추억 이야기

　나는 1960년 하늘 아래 첫 동네 첩첩 산골에서 3남 5녀 중 일곱째로 태어났다. 첫째는 형님이었고 그 아래로 누님 다섯이 있었으며 맨 아래로 남동생이 하나 있었다. 부모님과 팔 남매를 합하면 열 식구의 대가족이었지만 초등학교에 들어갈 무렵까지 논은 겨우 두 마지기에 불과해 살림은 늘 빠듯했다. 그나마 밭뙈기가 몇 개 있어 여름에는 감자 겨울이면 고구마로 점심 끼니를 때울 수 있었다. 가난한 살림에 자식이 많아 어머니의 배는 늘 등에 붙어 있었다.

　얼마 안 되는 그 논마저 산 넘어 다른 동네 뒤 골짜기에 있었는데 가을이면 볏단을 묶어 동네까지 지고 와 탈곡했다. 논에서 탈곡하더라도 짚을 다시 집으로 지고 와야 했고 남의 공상(탈곡기)을 오랫동안 빌리기가 쉽지 않았기 때문이다. 어린 나도 세 살 아래 동생과 함께 새끼 멜빵으로 볏단을 지고 산길을 오르내렸다. 가파른 오르막을 넘어 쉬어가는 자리에서 나락 이삭이 몇 개라도 떨어지면 아버지의 불호령이 떨어지곤 했다. 그만큼 쌀 한 톨 한 톨이 소중했기 때문이다.

가을걷이가 끝나는 날은 일 년 중 단 한 번 쌀밥을 먹을 수 있는 날이었다. 보리쌀 한 톨 섞이지 않은 새하얀 쌀밥에 맨 간장을 한 숟가락 떠 넣어 먹을 때의 그 고소한 맛은 예순 해가 훌쩍 지난 지금도 잊히지 않는다.

우리 집은 마을 한가운데 기와집이었다. 집 밖으로 나서면 우거진 대나무 숲이 있었고 그 옆에는 '큰새미'라 부르던 마을 공동 우물이 있었다. 길에서 두세 계단 아래로 움푹 들어간 대여섯 평 남짓한 새미가에는 빨래와 허드렛일을 할 수 있도록 시멘트가 덮여 있었고, 우물에서 넘친 물은 골을 따라 도랑으로 졸졸 흘러갔다. 겨울이면 김이 모락모락 피어올라 따뜻했고 여름에 수박을 띄워놓으면 냉장고처럼 시원했다.

그때 마을은 서른 가구 남짓이었지만 집집마다 식구가 많아 늘 북적였다. 조그만 마을에 같은 학년 친구가 열세 명이나 되었고, 아기가 태어나서 외부인의 출입을 삼가는 금줄 친 집이 연중 끊어지지 않았다. 우리는 대문에 걸린 그 금줄을 '금기줄'이라 불렀는데 왼새끼에 꽂힌 물건만 보고도 아들인지 딸인지 짐작할 수 있었다.

지금과 달리 당시 황매산 자락의 겨울은 유난히 추웠고 눈도 많이 왔다. 얼음이 꽁꽁 언 논이나 저수지에서 썰매를 타고 눈사람을 만들며 놀았다. 따뜻하게 입을 옷이 넉넉하지 않아 어쩌다 잠바나 벙어리장갑* 하나라도 얻어걸리면 그날은 세상을 다 가진 듯 기뻤다.

대소변을 가리지 못하는 아이는 가랑이가 트인 내복을 입었다. 왕골 돗자리 방바닥에 변이 끼면 마당에 있던 '월이'를 불렀다. 그러면 월이는 꼬리를 흔들며 안방으로 펄쩍 뛰어와 뒤처리를 말끔히 해주었다. 기막힌 상부상조였다.

문명의 이기가 없던 시절이라 우리는 자연에서 온갖 놀이 도구를 만들어 썼다. 팽이를 깎아 팽이치기를 하고, 딱지치기와 자치기, 굴렁쇠 굴리기와 연날리기까지 놀이의 종류는 셀 수 없이 많았다.

자치기에는 '받아가기'가 있었다. 공중에 뜬 마떼를 받아 도망가면 수비가 그를 잡아야 했는데 잡히기 전에 마떼를 던지면 그동안 달린 거리를 자로 재어야 했다. 이때 마떼를 들고 도망갔던 사람이 어림으로 자수를 부르는데

---

* 사회적 약자에 대한 차별적 인식을 피하기 위해 '손모아장갑'으로 순화해 표현해야 하지만 여기서는 저자의 어린 시절 느낌을 살리기 위해 당시의 표현을 그대로 사용했다.

수비가 동의하면 그대로 이어지지만 그렇지 않을 때는 직접 재어야 했다. 동네 몇 바퀴를 자로 재는 일은 엄청난 고통이었다. 이때는 수십 자 길이의 긴 새끼를 이용했다.

굴렁쇠 굴리기도 참 재미있는 놀이였다. 양철 물동이의 바닥을 고정하는 굴렁쇠는 아무나 구할 수 있는 것이 아니었다. 다행히 집에서 버리는 양동이가 있으면 굴렁쇠를 빼내어 철사로 만든 손잡이로 굴리며 달렸는데 그 손맛이 꽤 좋았다.

면 소재지에서 엿장수가 엿판을 지고 오는 날은 동네 아이들에게 큰 잔칫날이었다. 찰깍찰깍 가위 소리가 들리면 아이들은 집 안 구석구석을 뒤지며 엿으로 바꿀 만한 것들을 찾았다. 쇳조각이나 비료 포대가 있으면 최고였고, 머리카락은 엿을 바꿔 먹는 가장 흔한 재료였다. 돼지털이나 가지런히 잘라 놓은 어머니의 머리카락은 비싸게 쳐주어 비누와도 바꿀 수가 있었다. 개발도상국이던 우리나라에서 가발을 만들어 수출하는 재료였기 때문이다.

어쩌다 집에서 쟁기 보습이나 조선낫이 보이지 않으면 아버지는 우리가 엿장수에게 갖다줬다며 꾸중을 하셨다. 억울했지만 말 한마디 못 하고 당하기만 했다. 이럴 때면 나도 빨리 어른이 되고 싶다고 생각하곤 했다. 또, 우리 집에는 소가 없어 논을 갈 때마다 남의 소를 빌려야 했는데 그 심부름이 정말 싫었다.

"우리 아버지가 소 좀 빌려 달라고 하시던데요."

그 말을 하는 것이 그렇게도 싫을 수가 없었다. 어쩌면 아버지 역시 남에게 아쉬운 소리를 하기 싫어 어린 나에게 그 부탁을 맡기셨는지도 모른다.

남의 소를 반양 먹인 뒤부터 우리 집에도 소가 생겼다. 송아지를 데려와 어미 소가 될 때까지 길러주고 그 소가 낳은 새끼를 우리가 갖는 방식이었다. 그 후로는 한 번씩 송아지를 팔아 돈을 만들 수 있었다.

"너희들은 소 덕택에 공부를 마칠 수 있었다는 것을 알아라."

언젠가 아버지께서 하신 말씀이다.

우리 팔 남매 가운데 형님은 중학교를 마칠 수 있었으나 그 아래로 다섯 분의 누님은 경제 사정으로 진학하지 못했다. 그 시대에는 흔한 일이었지만 지금 돌이켜 보면 참으로 미안하고 가슴 아픈 일이다. 다행히 나와 동생은 송아지 덕분에 정규교육을 모두 마칠 수 있었다. 그래서 우리에게 대학은 상아탑이 아니라 '우골탑'이라 부르는 것이 더 맞을 것 같다.

돌이켜 보면 모든 것이 참으로 힘들고 어려웠지만 당연하게 받아들이며 그 안에서도 나름대로 행복을 느끼며 살았다. 오히려 그 시절이 좋은 추억으로 남아 내 인생을 한층 더 풍성하게 해주었다는 생각에 감사한 마음이다.

용이형

어릴 적 겨울이면 황매산 산골에는 눈이 많이 오고 날씨도 무척 추웠다. 밤새 눈이 내리는 날이면 그 무게를 견디지 못한 대나무가 '땅땅' 소리를 내며 부러지기도 했다.

눈이 내린 아침이면 마당 빗자루로 뒷간과 동네 큰새미까지 눈을 쓸고 사람이 다닐 통로를 내는 것이 일과의 시작이었다. 이런 일은 주로 큰형님 몫으로 가끔 나도 거들곤 했는데 처음에는 재미있다가 금세 지치고 싫증이 났다.

등굣길에는 양쪽 끝을 묶은 긴 새끼줄로 동네 아이들과 '칙칙폭폭' 기차놀이를 했다. 논두렁 길을 내달리다가 맨 앞의 '기관사'가 논두렁 아래로 무작정 끌고 내려가 눈 속에 처박히면 눈이 허리까지 차기도 했다.

햇살에 반짝이는 눈밭을 걷다가 눈 위에 벌러덩 드러누우면 푸른 하늘과 하얀 눈이 만든 정취에 황홀해졌고, 어느새 한 폭의 그림 속으로 들어간 듯 마음이 편안해지곤 했다.

그 시절 내가 많이 부러워했던 사람 중에 용이라는 동네 형이 있었다. 그는 두세 살 위의 선배로 감탄할 만큼 재주가 많았다. 용이 형이 만든 커다란 썰매는 레일이 굵은 철근이어서 웬만한 턱이나 이물질이 있어도 둔탁한 소리를 내며 부드럽게 잘 넘어갔다. 내 썰매가 티코라면 용이 형이 만든 썰매는 벤츠 격으로 그 형의 두 동생도 나에게는 부러움의 대상이었다. 요즘 사람들의 차 욕심처럼 그 당시 아이들에게는 썰매 욕심이 많았다.

썰매의 핵심은 레일인데 시골에서는 굵은 철사를 구하기가 어려웠다. 용이 형은 어디서 구했는지 철근으로 썰매의 레일을 만들었다. 요즘과 달리 당시 시골에서 철근을 구하기는 매우 어려웠다. 건축용 철근은 오돌토돌해 썰매 레일로 부적합한데 장비가 변변치 않던 시절에 그렇게 매끈하게 연마한 것이 참 신기했다.

어떤 아이들은 학교 창문의 레일을 뽑아서 썰매를 만들기도 했다. 하지만 창문 레일로 만든 썰매도 용이 형의 철근 레일과는 비교할 수 없었다.

그는 산토끼나 꿩을 잡는데도 선수였다. 겨울철 파릇한 보리싹들은 산토끼의 주요 먹이였다. 토끼가 좋아하는 잘 익은 찔레 열매 가지를 꺾어 그중 몇 알에 약을 넣은 후 산토끼가 자주 나타나는 보리밭에 꽂아두면 밤사이 먹이를 찾은 산토끼가 이것을 먹고 죽는다.

꿩은 주로 고구마를 캐낸 빈 밭에 나타난다. 날카로운 드라이버로 노란 콩에 구멍을 파고 약을 넣어서 꿩이 자주 내려앉는 밭에 두면 이것을 먹고 꿩이 죽는다.

토끼는 약을 먹으면 그 자리에서 바로 죽지만 꿩은 대개 백 미터쯤 날아가다가 죽기 때문에 이 산 저 산을 헤매며 찾아야 한다. 들로 산으로 헤매던 용이 형이 산토끼나 꿩 몇 마리를 양손에 들고 의기양양하게 걸어오는 것을 보면 그렇게 부러울 수가 없었다. 어쩌다가 나도 시도해 보았는데 나에게 당할 만큼 어리석은 산짐승은 한 마리도 없었다. 낚시에서도 고기를 낚는 사람과 못 낚는 사람이 있듯이 산토끼나 꿩도 주인을 알아보는 것 같았다.

언젠가는 용이 형이 집에서 매를 기른 적이 있었다. 털갈이도 하지 않은 새끼 매를 잡아 자신의 초가집 청마루 앞에 올려놓고 길렀다. 매일 개구리를 잡아 먹이로 주면 날름날름 잘 받아먹더니 어느새 어미가 되었다. 야생의 새를 집에서 기르면 며칠 만에 죽고 마는데 용이 형은 마치 전문가처럼 어미가 될 때까지 기른 것이었다. 어느 날 새장 문을 열어 날려 보내려는 데 그 매는 날아가지 않고 집안을 맴돌았다. 먹이에 적응된 탓인지 보살펴 준 주인에게 정이 들어서인지 모르지만 참 신기한 일이었다.

여름에 가뭄으로 시냇물의 양이 줄어들면 물을 에워 물고기를 잡기도 했다. 돌과 흙으로 물길을 돌리고 고무신으로 물을 퍼내면 바위틈에 숨어 있던 물고기도 따라 나왔다. 물이 많아 완전히 퍼낼 수 없을 때는 시냇가에 있는 독풀을 돌멩이로 찧어서 물에 풀면 숨어 있던 물고기가 둥둥 떠나오기도 했다. 용이 형은 이런 방법으로 고기를 잡는 데도 선수였다.

용이 형은 평소에도 바위 밑에 두 손을 조심스럽게 넣어 신기할 만큼 물고기를 잘 잡았는데, 마치 그의 손가락에 눈이 달린 것 같았다.

맥가이버처럼 만능이었던 용이 형은 어린 시절 내 동심 속의 우상이었다.

쇠부탁

"소 먹이러 가자!"

누군가 외치면 집집마다 아이들이 소를 몰고 나왔다. 한 마리가 앞장서면 그 뒤를 줄줄이 뒤따랐다.

여름방학이면 어김없이 아이들과 냇물에서 멱을 감고 소를 먹이러 다녔다. 국밥이나 감자로 점심을 때운 뒤 냇가에서 멱을 감았다. 황매산에서부터 시내를 따라 굽이쳐 내려오는 화강암 곳곳에 큰 소(물웅덩이)가 있었다. 여자 아이들은 서답소에서, 남자아이들은 영장소에서 멱을 감았다. 서답소는 동네 아줌마들이 빨래하기 편한 얕은 장소였고, 물이 폭포처럼 떨어지는 영장소는 아이들이 손을 든 채 서면 손끝이 안 보일 정도로 깊었다. 멱을 감다가 추워지면 넓고 매끈한 화강암 바위에서 몸을 말린 뒤 다시 물에 들어가기를 반복했다. 여름날 바위가 햇볕에 데워지면 발을 디디기 힘들 정도로 뜨거웠다. 그럴 때면 몸으로 물길을 돌려 식힌 뒤 드러누우면 금방 물기가 마르곤 했다. 물놀이를 하다가 소 먹이러 갈 시간이 되면 서둘러 집으로 향했다.

 소를 먹이던 곳을 '쇠부탁'이라 불렀다. 동네에서 한참 떨어진 산속의 쇠부탁은 평평한 골짜기 양쪽으로 낮은 산이 펼쳐져 있어 소를 먹이기에는 더없이 좋은 장소였다. 쇠부탁으로 가는 길에 큰 연못이 하나 있었다. 더운 날에는 소를 연못에 몰아넣어 더위를 식히곤 했다. 용감한 소는 고개만 내놓고 물살을 가르며 헤엄을 쳤다. 아이들도 흙탕물이 된 그 연못에서 수영을 했다. 연못 한가운데 잠겨 있는 바위를 찾아 그 위에 서는 아이는 뽐을 내며 어깨를 으쓱이기도 했다. 그 연못에는 거머리가 유난히 많았다. 거머리가 문 자리는 피가 잘 멎지 않았는데 대사리 잎으로 덮어 두면 금방 멎었다.

 소고삐를 뿔이나 목에 감아 묶어 두면 소들은 종일 무리를 지어 풀을 뜯었다. 그러는 동안 아이들은 잔디밭에서 씨름이나 닭싸움을 하고 공기놀이도 하며 시간을 보냈다. 놀이에 정신이 팔리다 보면 소를 잃어버리는 때도 있었다. 그러면 모두 함께 이 산 저 산을 헤매며 소를 찾아다녔다. 사라진 소는 대개 산을 넘어 남의 밭에 들어가 곡식을 먹고 있었는데 주인에게 들키면 혼이 났다. 워낭을 달아 놓은 소는 찾기가 한결 쉬웠다.

그 당시에는 산에 나무가 별로 없었고 풀숲 사이로 듬성 듬성 진달래나 철쭉 같은 관목 덤불들이 있었다. 그 풀숲에는 베짱이나 개구리가 많았다. 엉머구리라 불렀던 개구리는 소를 먹이는 아이들이 좋아하는 간식거리였다. 아이들은 온 산을 돌아다니며 개구리를 잡아 뒷다리를 풀 대공에 꿰어 모닥불에 구워 먹었다. 불 위에서 개구리 뒷다리가 톡톡 튀면 하나라도 더 먹으려고 아이들의 손이 들락거렸다. 먹을 것이 많지 않던 시절 개구리는 산골 아이들에게 요긴한 영양 간식거리였다.

쇠부탁에서는 감자 무지를 하기도 했다. 여름에 감자를 캐고 나면 소를 먹이러 갈 때 감자를 실로 꿰들고 갔다. 얇고 넓은 돌로 아궁이를 만들고 그 위에 진흙으로 솥을 빚어 감자와 약간의 물을 넣고 솔잎과 흙으로 덮었다. 감자가 익어 감자 무지를 파헤치면 아이들은 감자를 호호 불며 한 개라도 더 먹으려 말 없는 경쟁을 벌였다.

백중날에는 집집이 밀가루 빵떡을 만들어 '벤또(도시락의 일본어 표현)'에 담아와 쇠부탁에서 쇠미꼬지를 지냈다. 한 해 동안 소가 병치레 없이 잘 자라기를 바라는 마음으로 쇠부탁의 샘물과 산신에게 제를 지내는 행사였다. 쇠

부탁의 펑펑 솟는 샘물 뒤에 각자 가져온 빵떡을 널어놓
고 소를 그 뒤쪽으로 몰아 놓은 다음 모두 함께 간절한 마
음으로 절을 했다.

밀가루로 만든 같은 빵떡이라도 넣는 주모나 막걸리의
양에 따라 맛이 달랐다. 간혹 형편이 나은 집에서는 쌀로
백설기를 만들어 오기도 했다. 먹을 것이 풍성한 이 날은
형제들끼리 누가 소 먹이러 갈지를 두고 은근한 경쟁이
벌어지기도 했다.

지금도 가만히 눈감으면 소를 먹이던 쇠부탁의 전경과
그곳에서 뛰어놀던 아이들의 모습이 눈에 선하다.

왕초 진국이

　1968년 3월, 나는 모산재 자락에 자리한 벽지 학교인 대기초등학교에 입학했다. 베이비붐 세대의 학령인구가 늘어나면서 1961년에 분교가 생겼고, 내가 입학하기 두 해 전에는 여섯 개 학년이 모두 채워져 마침내 정식 초등학교가 되었다. 각 학년은 한 반씩이었고 학생 수도 많지 않았다.

　처음 등교하던 날 교실 건물 앞 국기 봉에 휘날리던 커다란 국기와 넓은 운동장을 보니 마음이 설레었다. 가슴에 손수건을 달고 있는 모습이나 두리번거리는 눈빛에서 운동장의 아이들도 나와 같은 신입생임을 알아볼 수 있었다. 머슴애들은 까까머리에 검정 고무신을 신었고 여자아이들은 단정한 단발머리를 하고 있었다.

　취학통지서 제도가 없었던 때로 학생과 보호자의 이름만 대면 입학이 가능했다. 어떤 이유에서인지 우리 학년의 입학생 수만 다른 학년의 두 배에 육박하는 90여 명이나 되었다. 1학년 유급생이 대여섯 명이나 있었고 신입생 나이도 일곱 살에서 열한 살까지로 편차가 다섯 살이나 되었다. 우리 동네에도 열세 명의 동기 가운데서 나를 비롯한 여덟 명은 아홉 살에 입학했고 한 명은 열 살에 입학해서, 정상적으로 여덟 살에 입학한 친구는 네 명에 불과했다.

첫해에는 두 반으로 출발했던 우리 학년도 이듬해에는 한 반으로 줄어들었다. 급격한 도시 산업화로 농촌을 떠나는 사람들이 많았기 때문이었다. 우리 동네 아이들 가운데서도 입학한 지 얼마 되지 않아 세 명이나 고향을 떠났다.

초등학교 3학년 때 일이다. 그해 담임은 새로 부임한 김희석 선생님이었다. 선생님은 이웃 마을 출신으로 우리 반 친구의 삼촌이었다. 하늘처럼 느껴지던 선생님이 친구의 삼촌이라는 사실이 무척 신기하게 여겨졌다. 굴레 수염이 인상적이었고 웃음이 많은 분이셨다.

우리 반에 진국이라는 아이가 있었다. 선천적인 장애로 발음이 분명하지 않고 행동도 또래 아이들과는 달랐다. 선생님은 진국이가 위축되지 않도록 세심한 배려를 기울이셨다.

분단 이름을 바보·등신·축구·일등 등신·이등 등신·천등신 등으로 정하고 그날 유난히 떠들었거나 잘못을 저지른 아이가 있는 분단이 청소하도록 정하셨다. 별일이 없던 날에는 진국이에게 청소 분단을 정하게 하셨다.

"진국아, 오늘 청소는 어느 분단을 시킬까?"

진국이는 늘 "촌도시!" 하고 외쳤다. '천둥신'을 그렇게 발음한 것이었다. 그 분단에는 진국이가 좋아하던 여학생이 있었고 이를 알고 계시던 선생님이 짓궂게 상황을 유도하시기도 했다. 다른 분단에서는 박수가 터졌지만 천둥신 분단만은 조용해졌다. 아이들은 이를 자연스럽게 받아들였다. 선생님은 진국이가 위축되지 않도록 노래나 심부름을 통해 아이들 앞에 서는 기회도 주셨다.

동화책도 자주 읽어 주셨는데, 어느 날부터 『윤복이의 일기』를 매일 한두 장씩 읽어 주셨다. 열 살의 소년 가장 윤복이가 병든 아버지와 세 동생을 돌보며 대구의 한 산기슭에서 살아가는 이야기였다. 세 살 동생을 업고 등교하기도 하고, 여동생과 함께 껌을 팔아 생계를 이어 가는 이야기를 들을 때는 나도 모르게 눈시울이 젖기도 했다.

선생님께서 가르쳐 주신 노래 가운데 〈가을밤〉이 생각난다.

"울 밑에 귀뚜라미 우는 달밤에 …"

해거름 녘 땅거미가 밀려올 때면 마루 끝에 우두커니 앉아 다리로 청마루를 차며 밭에 나가신 어머니를 기다리곤 했다. 해가 지고 난 모산재의 바위들을 건너다보며 혼자서 이 노래를 흥얼거리다 보면 마음이 차분해지며 서정적인 감정에 잠기곤 했다. 고마운 선생님과 순박한 친구들, 그리고 스스로 왕초라 여겼던 진국이.

돌이켜 보면 그 시절은 마치 오래된 동화의 한 장면처럼 지금도 내 마음속에 자리하고 있다.

소와 어린아이

 농촌에서 소는 집안에서 가장 큰 재산이었다. 암소는 운이 좋으면 일 년에 한 마리씩 송아지를 낳았다. 쌍둥이가 태어난 날이면 집안의 큰 경사였다.

 들판에 풀이 있을 때는 아침 일찍 들에 나가 풀을 베어와 소에게 주었고, 오후에는 소를 몰고 산으로 먹이를 찾아갔다. 겨울에는 짚이나 건초를 짧게 썰어서 소죽을 끓여주었다. 사랑방의 가마솥에 구정물을 붓고 소죽을 끓이면 아랫목이 따끈따끈해지는데 문풍지를 뚫고 들어오는 찬바람 속에서 이불 속에 들어갈 때 느낌은 황홀했다. 소죽을 끓이고 남은 잔불에 고구마를 묻어 두면 달콤하게 익어 간식거리로 그만이었다.

 집에 사람이 없을 때 소가 소마구를 뛰쳐나와 마당에 널어놓은 곡식을 먹는 경우가 종종 있었다. 주인 몰래 고삐를 풀고 나와 멍석에 말리고 있는 곡식을 먹고 배가 불러와 죽을 때도 있었다. 마른 보리나 콩을 지나치게 많이 먹은 것이 배 안에서 불어난 탓이다. 아마 "소처럼 미련하다"라는 말이 이런 데서 나온 것이리라. 소의 큰 눈망울을 보면 무슨 생각을 하고 있는지 어느 정도 읽을 수 있었다. 순종하고 있는지 아니면 방심한 틈을 노려 뭔가 훔쳐 먹으려고 눈치를 살피는지 알 수 있었다.

소를 먹이러 갈 때 마사가 덮인 길에서는 소꼬리를 잡고 미끄럼을 타기도 했다. 꼬리를 잡고 쪼그려 앉아 버티면 힘센 소가 수레를 끌듯이 아이를 잘 끌고 가는데 발바닥이 간질간질해지는 그 느낌도 좋았다. 재미도 있었지만 헌 검정 고무신을 빨리 닳게 하려는 속셈도 있었다. 안타깝게도 질기디질긴 고무신은 그래도 좀처럼 닳지 않았다.

말을 타듯이 소 등을 타고 다니기도 했다. 안장 대신 고삐로 소의 가슴을 한 바퀴 감아 묶고 그것을 붙잡고 탔다. 이때 순한 소는 얌전히 걸었지만 사나운 소는 로데오처럼 펄쩍펄쩍 뛰었다. 몸이 소의 머리 쪽으로 쏠리면 뿔로 아이를 집어 던져 떠받고 발굽으로 밟기도 했다. 옷에 온통 달라붙은 소의 털을 떼 내는 것은 예삿일이 아니었다.

소를 타다가 어른에게 들키면 호되게 혼이 났다. 소의 등이 굽으면 값이 나가지 않는다는 이유에서였다. 하지만 아이들에게는 그런 사정이 별로 중요하지 않았다.

어린 송아지가 어느 정도 크면 코뚜레를 끼운다. 코뚜레는 탄성이 좋은 노간주나무로 만들었다. 고삐로 소의 목을 기둥에 묶은 뒤 한 사람이 소의 뿔과 머리를 잡아 움직이지 못하게 하면 대바늘을 이용해 코에 구멍을 뚫어 코뚜레를 끼우고 약 대신 된장을 발랐다. 산골에서는 된장을 소독약처럼 쓰곤 했는데 머리가 깨져 피가 날 때도 된장을 바른 뒤 머리띠로 동여매곤 했다.

코뚜레를 끼우고 난 뒤부터 소를 길들이기 시작했다. '이랴' 하면 오른쪽으로 가고 '좌라' 하면 왼쪽으로 갔다. 그러다가 차츰 멍에를 씌우고 쟁기로 논을 갈기 시작했다. 한 사람이 코뚜레를 잡고 끌고 다니다 보면 어느새 길이 들어 마침내 혼자서도 쟁기를 잘 끌게 되었다.

시골길에는 늘 소똥이 널려 있었다. 소똥 아래 길바닥에는 소똥구리 집이 있었다. 소똥구리는 장수하늘소나 사슴벌레와 함께 아이들이 좋아하던 곤충 중 하나였다. 소똥 아래 있는 구멍에 오줌을 누고 손가락으로 후비면 이내 소똥구리가 기어 나왔다. 소똥구리의 수컷에게는 뿔이 있었으나 암컷에게는 없었다.

언제부턴가 소를 먹이러 다니던 아이들이 없어지면서 우리나라에서 소똥구리가 자취를 감추었다고 한다.

학교 가는 길

초등학교는 우리 동네에서 시내를 따라 징검다리를 몇 번이나 건너고 오릿길 들판을 지나야 닿을 수 있었다. 이른 봄에 얼음이 녹고 시냇가 버들강아지에 물이 오르면 그 열매를 따 먹었고 버드나무 가지 껍질로 버들피리를 만들어 불기도 했다. 피리는 굵기와 길이에 따라 음색이 달랐는데 여러 개를 함께 불어 화음을 만들며 재주를 부리기도 했다.

진달래가 온 산을 분홍빛으로 물들이는 봄날이면 하굣길 주변 야산에 지천으로 핀 진달래를 한 아름씩 꺾어 들고 꽃잎을 따 먹었다. 향긋한 꽃잎을 실컷 따 먹고 나면 입가나 손가락이 시커멓게 물들었다. 진달래꽃으로 담근 진달래주는 선생님들께서 가정 방문을 오실 때 내놓는 별미이기도 했다.

나무가 세력을 잡기 시작하면 버들피리는 잘 만들어지지 않았다. 그럴 때면 보리 대공을 뽑아 보리피리를 만들어 불었다. 들판의 보리가 여물기 시작할 즈음에는 '보리

서리'를 해 먹기도 했다. 살짝 구워 말랑한 보리는 달짝지근했고 조금 더 구우면 고소해졌다. 구운 보리를 정신없이 먹고 나면 얼굴과 손이 온통 숯검정으로 변해 있었다. 그러다 주인에게 들키면 줄행랑을 쳤다.

마을 앞 징검다리를 건너면 물레방앗간이 있었다. 이곳은 곡식을 빻는 곳이기도 했지만, 아이들에게는 신나는 놀이터였다. 물레가 쉬고 있을 때면 그 위에 올라타거나 안에 들어가 다람쥐처럼 물레를 돌리며 놀았다. 그러다 방앗간 주인에게 들키면 혼이 났다. 물레로 물길을 돌릴 때 그 안에 아이가 있으면 큰일이 날 수 있기 때문이었다.

여름이면 냇가 모래밭에서 개미귀신이 모래를 파고드는 모습을 시간 가는 줄 모르고 지켜보기도 했다. 뜨겁게 달아오른 모래 위에 깔때기 모양으로 패인 작은 구멍 속에 개미귀신이 숨어 있었는데 이는 아이들에게 더없이 좋은 장난감이었다.

하굣길에 시냇가 물웅덩이에서 멱을 감고 물고기를 잡기도 했다. 우리 동네에는 피라미나 중태기, 퉁가리 같은 작은 물고기밖에 없었다. 그래도 한두 마리만 잡아도 세상을 다 가진 듯 행복했다. 고무신에 담아 집으로 가져와 투명 용기에 옮겨 길러 보았지만 대개 며칠을 넘기지 못했다.

비가 많이 오는 날이면 시냇물이 불어나 징검다리를 건널 수 없었다. 그러면 동네 어른들이 아이들을 하나씩 업어서 건네주었다. 물속에서 바위 굴러가는 소리가 '쿵쿵' 하고 울릴 때면 겁이 나서 학교에 가지 못하고 뒤돌아서곤 했다. 나는 초등학교 때 1년 개근상을 받은 적이 별로 없었다.

집에서 사카린을 들고 와 아이들에게 한 알씩 나눠 주며 대장 노릇을 하던 아이도 있었다. 아이들이 한 줄로 서서 "하나, 둘, 셋, 넷!" 구령에 맞춰 그의 명령을 따랐는데 그만큼 사카린 한 알의 힘이 컸었다.

등굣길에 가끔 논 주인이 나타나 자기네 못자리에 들어가 개구리를 잡은 놈이 누구냐며 책 보따리를 빼앗기도 했다. 뿌리내리기 전에 나락 씨가 뒤집히면 한 해 농사를 망치기 때문이었다. 논에 들어간 적도 들어가는 아이를 본 적도 없는 나로서는 억울하기 짝이 없었다.

때로는 자기 밭에서 무나 고구마를 빼먹었다며 책 보따리를 빼앗는 사람들도 있었다. 어른들의 터무니없는 괴롭힘에도 우리는 그저 순순히 당할 수밖에 없었다. 지금 생각해 보면 참으로 어수룩했던 시절이었다.

한때 한밭마을 방앗간 근처 시냇가에 나병 환자들이 텐트를 치고 살았다. 지금은 모두 소록도로 옮겨 갔지만 그 시절에는 이곳저곳을 떠돌며 지내던 때였다. 아이들 사이에서는 '문둥병 환자는 아이의 간을 먹으면 낫는다'라는 괴소문이 돌아 가까운 길을 두고도 멀리 돌아서 학교에 다니기도 했다. 훗날 이은성의 『소설 동의보감』에서 허준이 삼적사를 찾아갔을 때 안광익의 말을 통해 당시 나병 환자들을 둘러싼 공포와 괴소문이 얼마나 널리 퍼져 있었는지 가늠할 수 있었다.

어릴 적 학교길은 추억으로 가득한 공간이다. 물을 내뱉으며 돌아가던 물레방아, 굽이치는 시내와 징검다리로 이어진 들길, 바위와 나무 한 그루, 물속에서 노닐던 물고기들. 이 모든 전경이 아직도 내 기억에는 사진처럼 선명하게 남아 있다.

결혼 후 아내와 그 길을 함께 걸으며 나의 어린 시절 추억담을 들려주기도 했다. 언젠가 농어촌공사에서 농지를 매입하더니 저수지 축조 공사가 시작되었다. 그러다 예고 없이 들이찬 저수지 물이 내 추억의 공간을 삼켜 버렸다.

지금도 눈을 감으면 아이들과 뛰어놀던 그 길이 눈앞에 아른거린다. 하지만 그 길은 이제 기억 속에서만 걸을 수 있는 그리운 길이 되어 버렸다.

자신의 이름을
적지 못했던 아이

학창 시절에 나는 말수가 적은 아이였다. 매년 반장 선거가 있을 때면 마음속으로는 해 보고 싶다는 생각이 있었지만 스스로 나서지는 못했다. 초등학교 5학년 때 반장 선거도 마찬가지였다. 그때도 누군가가 나를 추천해 주기를 내심 기대하고 있었다. 그러던 중 우리 동네 춘이가 나를 추천해서 후보자는 나와 상원이 두 사람이 되었다. 춘이는 나와 외가로 육촌이었다.

선생님께서 투표용지를 나눠 주시며 반장으로 뽑고 싶은 사람의 이름을 적으라고 하셨다. 그 순간 나는 스스로 내 이름을 적는 일이 몹시 쑥스럽고 부끄러웠다. 한참을 망설이다가 결국 용지에 '진상원'이라고 적어 제출했다.

개표가 시작되자 칠판에 바를 정(正)자가 하나둘 더해져 갔다. 마지막 한 표를 개표하는 순간 진상원이 한 표 차로 당선되었다. 내 이름을 적었더라면 내가 반장이 될 수 있었던 상황이었다. 여러 생각이 스쳤지만 이미 엎질러진 물이었다. 결국 상원이가 반장이 되었고, 나는 부반장이 되었다.

상원이는 학교에서 대표적인 부르주아 집안 출신이었다. 친구들이 모두 책보자기를 메고 검정 고무신을 신던 시절에 그는 가방을 메고 운동화를 신고 다녔다. 우리가 몽당연필을 볼펜 대에 끼워 쓰던 때 그는 단추만 누르면 심이 나오는 신기한 연필을 사용했고 열두 색 크레파스를 아껴 쓰던 아이들 사이에서 혼자 삼십 색 크레파스를 마음껏 쓰고 있었다. 그 신기한 연필은 나중에 알고 보니 일본 샤프사 제품인 샤프펜슬이었다. 외가가 부유했고 일본에 사는 외삼촌이 용돈과 선물을 보내 준다는 이야기가 있었다.

학기가 시작되고 얼마 지나지 않아 그가 서울로 전학하면서 부반장이던 내가 반장을 맡게 되었다. 그해 말 그의 부친은 우리 면의 통일주체국민회의 대의원으로 당선되었다. 그때가 1972년 10월로 박정희 대통령이 국회를 해산하는 비상계엄을 선포했는데, 이를 '시월 유신'이라 불렀다. 아이들은 '한국적 민주주의 우리 땅에 뿌리박자'라는 리본을 달고 다녔지만 그 뜻을 이해하지는 못했다. 선생님은 전교생을 운동장에 모아 놓고 '산토끼' 노래에 아래와 같은 가사를 붙여 가르치셨다.

> "시월의 유신은 김유신과 같아서
> 삼국 통일되듯이 남북통일 되어요.
> 우리 몸에 알맞은 민주제도 만들어
> 우리 모두 뭉쳐서 박 대통령 밀어요."

　내가 태어날 때부터 대통령은 늘 박정희였으니 '대통령'이라는 말과 '박정희'라는 이름은 거의 동의어처럼 느껴지던 시절이었다.

　세월이 흘러 초등학교 동기회가 결성된 뒤 마흔이 훌쩍 넘은 나이에 상원이를 다시 만났다. 5학년 때 반장 선거 에피소드를 꺼내자 그는 전혀 기억하지 못하고 있었다. 어쩌면 당연한 일이었을 것이다. 그에게는 대수롭지 않은 일이었지만 자신의 이름을 적지 못해 한 표 차로 떨어졌던 나에게는 잊히지 않는 기억이 되어있었다.

단상에 처음 서던 날

"저는 김종현 후보의 찬조연설자입니다."

중학교에 입학한 지 얼마 되지 않았을 무렵 전교 회장 선거가 있었다. 어느 날 같은 초등학교 선배였던 3학년 형이 전교 회장 선거에 출마한다며 내게 찬조 연설을 부탁했다. 중학교는 학년당 세 반 규모의 시골 사립학교였는데 세 곳의 초등학교에서 한 곳으로 모이던 터라 전교 회장 선거는 각 학교의 자존심이 걸린 문제이기도 했다.

당시 나는 워낙 내성적인 성격으로 전교생 앞에서 단상에 오르는 것 자체가 두려워 못 하겠다고 했다. 하지만 선배는 "너 아니면 할 만한 사람이 없다"며 막무가내로 종용했다. 약한 마음에 끈질긴 선배의 부탁을 외면할 수 없어 도살장으로 끌려가는 소의 심정으로 찬조연설을 맡게 되었다. 선거 날 단상에 올라가자 전교생의 시선이 나를 향했다. 다리가 후들거리고 얼굴은 화끈거렸는데 무슨 말부터 해야 할지 몰라 더듬거렸던 그 순간이 지금 생각하면 우습기만 하다.

또 다른 기억으로 6·25 기념일마다 열리던 '반공 웅변대회' 때가 떠오른다. 담임선생님께서는 반장과 부반장은 반드시 참가하라고 하셨는데 나는 원고를 써 본 적도 없었고 웅변이 무엇인지조차 제대로 몰라 난감했다. 그러자 선생님께서 원고 쓰는 데 참고하라며 서고에 있던 6·25 관련 책 한 권을 건네주셨다. 나는 그 책 맨 뒤에 실린 감상문을 그대로 베껴 원고로 제출했다.

발표 날짜가 다가오자 미리부터 가슴이 두근거렸다. 준비가 제대로 되지 않은 것을 스스로 알기 때문이었다. 누군가 한두 마디라도 조언을 해주면 좋았으련만 내 주변에 그런 사람은 없었다. 운동장에 모인 전교생 앞에서 연단에 오르자 미리부터 겁이 났다. 원고 내용은 떠오르지 않았고, 당황하니 원고의 글자도 잘 보이지 않았다. 웃음거리가 된 것 같아 쥐구멍에라도 들어가고 싶은 심정이었다. 애초에 감상문은 웅변용 글이 아니었으니 실패는 어쩌면 당연한 일이었다. 상대적으로, 같은 학년의 덕출이와 상용이는 또렷한 음성으로 웅변을 잘했다. 책상을 치기도 하고 팔을 들어 올려 감정을 실어 말하기도 했다.

최근에 덕출이를 만나 그때의 에피소드를 이야기하자 그는 웃으며 말했다.

“그때 나는 아버지가 원고를 써주시고, 어느 부분에서 책상을 두드릴지도 표시해 주면서 연습까지 시켜줘서 참 편했지.”

덕출이의 아버지는 우리 중학교의 역사 선생님으로 퇴직 후에는 수필집을 몇 권이나 낼 만큼 글솜씨도 뛰어나신 분이었고, 상용이의 아버지는 한문 선생님이자 교감이셨다. 그 시절 나는 선생님의 아들은 특별한 존재로 여겨져 가까이 지내지도 못했다. 그들이 나를 멀리한 것이 아니라 스스로 느낀 자격지심 때문이었다.

세월이 지나고 나이가 들어서 옛일을 생각하면 혼자 웃음이 나기도 한다. 그 시절 나는 왜 그렇게도 어리석었나 하는 생각이 들기도 했다. 일 년에 차도 한 대 볼 수 없는 황매산 골짜기에 살다가 중학교가 있는 면 소재지에 가면 도시처럼 느껴졌고 나 스스로 촌닭처럼 기가 죽어 있었던 것이다.

이브 껌 하나의 비밀

중학생이 되자 사춘기로 접어들며 이성에 관심을 두는 아이들이 많았다. 우리 학교는 같은 학년에 남학생 두 반과 여학생 한 반인 시골 사립학교였다. 덩치가 있는 아이들은 여학생들에게 말을 걸기도 했고 하교 후에는 함께 몰려다니며 놀기도 했다.

아이들 사이에 '누구는 누구 것'이라며 여학생을 정해 두는 분위기가 있었다. 서로 교감이 있었던 것도 아니면서 자기들끼리 마음대로 찍어 놓은 것이었다. 나는 수줍음을 많이 타서 그런 마음을 내거나 그런 말을 입 밖에 내본 적도 없었다.

신학기가 되어 새 책을 받으면 마음이 설레었다. 작심삼일이 될지언정 학기 시작과 함께 열심히 해 보겠다는 다짐으로 참고서를 사는 일은 작은 의례처럼 느껴졌다.

중학교 3학년 초 어느 토요일에 친구들과 시외버스를 타고 비포장 삼십 리 길을 달려 삼가에 참고서를 사러 갔

다. 이웃 면 소재지인 삼가는 군내에서 두 번째 큰 곳으로
오일장이 크게 서고 가게도 많아 제법 도시처럼 느껴졌다.
서점 안은 신학기를 맞은 학생들로 붐볐고 얼굴이 익은
같은 중학교 학생들 사이에 여학생들도 많아 괜히 마음이
설레었다.

집으로 돌아오는 길에 먼지가 이는 비포장 길을 달리는
차 안은 여러 동네 아이들로 시끌벅적했다. 여러 마을을
거치면서 아이들이 모두 내리고 난 뒤에 차 안은 조용해
졌다. 내가 내리는 곳은 우리 면에서 마지막 정류장인 두
심이었고, 집까지는 산길로 2킬로미터를 더 걸어야 했다.
차에서 내리려는데 버스 선반 위에 참고서 몇 권이 든 비
닐봉지가 눈에 띄었다. 같은 중학교 학생이 두고 내린 것
이 분명해 들고 내렸다.

다음 날 학교에서 참고서를 두고 내린 사람을 수소문하
니 가장 먼저 내린 외사 마을의 여학생이 두고 내렸다는
이야기가 들렸다. 같은 학년의 여학생이라는 말을 듣자 가
슴이 두근거리기 시작했다. 나는 그 책 가운데 이브 껌 하
나를 몰래 끼워 넣었다. 책 속에 껌을 넣는 내내 손이 떨렸
고 누가 눈치채거나 전달하는 친구에게 들킬까 봐 조마조
마했다. 나는 그 동네 남자 동기에게 책 봉지를 건네주며

대신 전달해 달라고 부탁했다. 이브 껌은 붉은 색 장미와 하트의 디자인에 은은한 향기까지 더해져 청소년들의 마음을 흔들곤 했었다.

그날 이후 나는 이브 껌 이야기를 누구에게도 말하지 않았다. 오직 내 마음속에만 숨겨 둔 비밀이었다. 그 여학생이 이브 껌 하나를 받았는지 물어볼 용기는 더더욱 없었다.

그로부터 오십여 년이 흐른 지난해 여름에 어느 동기의 아들 결혼식 뒤풀이 자리에서 중학교 친구들과 이야기를 나누다 옛날 추억이 생각나 처음으로 그 애기를 꺼냈다. 그리고 그 자리에서 스피커폰을 켜고 전화를 걸었다.

"야, 중학교 때 내가 네 참고서 찾아 준 적 있었잖아. 그때 책 가운데에 이브 껌 하나를 끼워 두었는데 너 기억나니?"

그러자 그녀는 웃기만 했다.

"그 껌 확인했었니 아니면 배달 사고였어?"

그녀가 선택할 수 있는 답을 제시했다.

"하하, 배달 사고였지."

별다른 언급 없이 곧바로 답이 돌아오는 것을 보니 알고 있었던 것 같았다. 오십 년 동안 숨겨져 있던 이브 껌의 비밀은 이제야 봉인이 풀린 셈이다. 수줍은 마음, 이브 껌 하나에 설레던 추억을 떠올리면 회갑을 훌쩍 넘긴 지금에도 입가에 잔잔한 미소가 흐른다.

귀신보다 무서웠던 밤길

면 소재지의 중학교는 초등학교보다 훨씬 더 멀었다. 우리 마을은 황매산 중턱 해발 약 550미터 지점에 자리해 있었다. 학교까지는 대략 6킬로미터에 이르는 가파른 산길이어서 지각하지 않으려면 아침 일찍 집을 나서야 했다. 해가 짧아진 겨울이면 깜깜한 새벽에 손전등을 들고 길을 나섰다. 동네 뒤 능선을 하나 넘으면 그때부터는 내리막이어서 등굣길은 비교적 빠른 편이었다. 산을 넘어 원동마을에 이르면 신작로가 시작되지만, 그곳에서도 이팝나무까지는 여전히 내리막길이 이어졌다. 지금 내 오른쪽 중지 발가락이 굽어 있는 것은 그 시절 매일 내리막길을 달리다시피 다니며 오랜 기간 발이 앞쪽으로 쏠린 탓이다.

하굣길은 오르막으로 등굣길보다 훨씬 더 힘들었다. 우리는 대개 이팝나무에서 한 번, 원동마을 뒤에서 또 한 번 쉬어 갔다. 수령이 1,200여 년으로 보호수인 이팝나무는 봄이면 쌀밥같이 하얀 꽃이 피고 여름이면 시원한 그늘을 만들어주었다.

전깃불이 없던 시절에는 밤이면 달의 크기에 따라 사방의 밝기가 달라졌다. 달이 없는 날이면 말 그대로 암흑천지였다. 원동마을에서 넘어가는 산길은 주변에 공동묘지가 많았고 소나무 숲이 우거져 밤이면 늘 무서웠다. 민가가 보이지 않는 깊은 산속에는 소나무가 울창했고 주변에는 천수답 논과 밭이 펼쳐져 있었다. 칠흑 같은 밤이면 귀가 더욱 예민해졌다. 출처를 모르는 찍찍거리는 소리, 바삭거리는 마른 잎 소리, 산짐승 소리까지 더해져 마치 귀곡산장 같은 분위기였다.

"어떤 사람이 밤에 혼자 산길을 걷다가 헛것에 홀려갔다더라."

"여우가 사람 앞에서 세 번을 구르면 사람의 혼이 빠진다더라."

친구들 사이에서는 온갖 무서운 이야기가 떠돌았다. 좁은 산길을 걸을 때면 앞 자리나 가운데 자리를 차지하기 위해 보이지 않는 자리싸움이 벌어졌다. 운동화 끈이라도 고쳐 매는 순간에는 자리가 바뀌기에 참아야 했다.

"귀신은 가운데 사람을 빼 간대."

누군가 이런 말을 툭 던지면 그 말도 마음에 걸렸다. 암흑 속에서 짓궂은 아이가 돌멩이나 흙을 몰래 산 쪽으로 던지기라도 하면, 그 소리에 소스라치게 놀라곤 했다. 청소 당번에 걸려 밤길을 혼자 넘어야 할 때면 공포는 극에 달했다. 아무리 추운 날에도 등에서는 땀이 흘렀다. 머리카락이 곤두서고 뒤에서 누군가 잡아당기는 듯한 느낌이 들어서 차마 뒤를 돌아보지 못했다. 묘지를 지날 때면 극도로 예민해져 온몸에 소름이 돋았다.

"이 길에서 귀신에게 잡혀간 사람이 없었으니 나도 괜찮을 거야."

스스로를 다독이며 세뇌를 시키기도 했다. 귀신의 존재를 믿지 않으려 애써도 깊은 산속의 어둠 앞에서는 마음이 쉽게 흔들렸다. 달빛이 희미한 밤이면 묘지의 망두석이 움직이는 물체로 보여 더욱 무서웠다. 어릴 적에 헛것을 보고 졸도한 적이 있던 나는 남들보다 무서움을 더 많이 탔다.

다섯 살쯤 되었을 때의 일이다. 밤이면 마당 끝에 있는 뒷간에 가는 것이 불편해 방이나 청마루에 요강을 두고 용변을 보곤 했다. 어느 날 한밤중에 소변을 보러 마루에 나갔는데 어스름한 달빛 아래 마당 끝 소마구 앞에서 시꺼먼 물체가 보였다. 그 물체는 들릴 듯 말 듯 소리를 내며 움직이는 것 같았다. 나의 비명에 잠자던 가족들이 놀라 뛰어나왔고 어른들은 내가 몸이 약해 헛것을 본 것이라고

하셨다. 나보다 열세 살 위인 둘째 누님의 다른 동네 친구
들이 우리 동네에 놀러 와 우리 집 화장실에 다녀간 것을
내가 잘못 본 것이라는 이야기도 있었다.

그날 이후 나는 어두운 밤이면 혼자 화장실에도 가지 못
했다.

한밤중의 종소리

"땡, 땡, 땡, 땡…."

중학교 3학년 어느 겨울날, 모두가 잠든 한밤중에 적막을 깨고 중학교 교무실 앞에 달린 종이 울렸다. 숙직실에서 잠을 자던 당직 선생님은 난데없는 종소리에 놀라 벌떡 일어났다. 숙직 선생님은 바로 우리 담임이었다. 온 세상이 고요히 잠든 밤 자정이 훌쩍 지난 시간에 종이 울린다는 것은 상상조차 할 수 없는 일이었다. 어둠 속에서 소리는 더 크고 멀리 전해졌고 동네 사람들까지 놀라게 한 상황이었다.

손전등을 들고 다가가자 어둠 속에서 한 남학생이 종을 치고 있었다. 3학년 아이였던 그의 집은 산길로 5킬로미터나 떨어진 먼 곳에 있었다. 그토록 늦은 밤에 그는 왜 종을 치고 있었을까. 낮에도 함부로 종을 치면 안 되는데 한밤중에 종을 치는 데는 분명 사연이 있었으리라.

그날 이후 학교에서 그 친구의 모습을 다시 볼 수 없었다. 그는 나와 같은 초등학교 친구였다. 키가 크고 얼굴도 잘생겼는데 선천적으로 말을 심하게 더듬었다. 단어 하나를 꺼내기까지 한참을 더듬거려야 했고 숨이 차는 듯 얼굴이 창백해지기도 했다. 그 일이 있고 난 뒤 그가 방문이 잠긴 방에서 부친에게 심하게 맞았다는 이야기가 들렸다. 아들이 야밤에 학교에서 종을 쳤다는 창피함과 다시는 그러지 말라는 훈계가 겹쳤으리라 추측된다. 그 후 한 차례의 가출이 있었다는 소문도 있었다.

학교를 졸업하고 오랜 시간이 지난 후 그가 사회와 격리된 시설에 수용되어 있다는 소식을 들었다. 가족 이외에는 누구도 면회가 허락되지 않는다고 했다. 초등학교 동기회가 결성된 후 친구들이 모이면 간간이 그의 안부를 궁금해했다.

오십 대 무렵 초등학교 동기들 십여 명이 우여곡절 끝에 그가 있는 곳으로 면회를 간 적이 있었다. 그는 지긋한 중년이었지만 어린 시절의 순수한 모습은 여전히 남아 있었다. 말은 여전히 느렸지만 눈빛에는 친구들에 대한 반가움이 묻어났다. 오랜 세월 사회와 격리되어 지낸 탓인지 그의 기억 속에는 6년 동안 한 반에서 지낸 몇몇 친구들의 이름이 지워져 있었다. 어린 시절 함께했던 추억을 이야기하니 듬성듬성 기억을 떠올리기도 했다. 그는 자신이 그곳에서 고참이라 다른 사람들이 말을 잘 듣는다며 은근히 자랑하며 나름대로 자부심도 느끼고 있었다.

　면회 시간이 다 되어 헤어져야 할 때 친구들은 일일이 그와 악수하며 건강을 빌었다. 정작 그의 얼굴은 밝았지만 찾아갔던 친구들의 얼굴에는 쓸쓸함이 묻어났다. 그때가 그 친구와 마지막 만남이었다.

　몇 해 전 그의 사망 소식을 들었을 때 안타까움과 함께 그와의 마지막 만남이 떠올랐다. 짧은 시간에 깊은 대화를 하지 못했던 기억도 아쉬움으로 남았다. 수십 년 전 한밤중 학교 마당에서 울렸던 종소리의 의미가 궁금하다. 하지만 그 속의 비밀은 끝내 풀리지 않은 채 그와 함께 우리 곁에서 사라졌다.

중학생이 되면서

초등학교 때는 책 보따리를 메고 검정 고무신을 신다가 중학생이 되면서 비로소 가방을 들고 검은색 운동화를 신을 수 있게 되었다. 학교에서 정해진 복장 덕분에 작은 소원을 이루게 된 것이다. 여러 관공서가 있고 버스도 다니는 면 소재지는 제법 도시처럼 느껴져 마음가짐도 달라졌다. 하지만 점심시간마다 3학년 간부들이 1학년 교실에 들어와 괴롭힐 때면 참으로 공포스러웠다. 점심을 먹고 나면 어김없이 3학년 간부들이 들이닥쳤고 발소리만으로도 교실은 긴장감으로 가득 찼다.

"눈 감아!"

그 소리와 함께 우리는 눈을 감고 의자에서 얼음처럼 꼼짝하지 않고 있었다. 선배들은 몽둥이로 책상을 툭툭 치며 호주머니와 가방 검사를 했다. 담배나 라이터 등을 찾아내기 위해서였다. 어른 흉내를 내고 싶어 담배를 피우던 아이들이 있었기 때문이다. 그중에서도 가장 무서웠던 선배들은 대개 구평마을 출신이라 그 동네 아이들은 비교적 마음 편하게 지낼 수 있었다. 그때 느낀 공포는 평생 잊을 수 없다.

훗날 어느 모임에서 우리를 가장 괴롭혔던 선배를 만나 웃으며 중학교 때 이야기를 했더니 미안해 어쩔 줄 몰라 했다. 그때의 카리스마는 세월과 함께 사라지고 얌전한 중년이 되어 있었다.

학년이 올라가면서 여선생님을 괴롭히는 아이들도 있었다. 3학년 때 영어를 가르치던 박 선생님은 부산에서 대학을 갓 졸업하고 부임하신 분이었다. 어느 날 수업 중에 한 친구가 말썽을 피우자 선생님은 합판으로 된 작은 분필통 뚜껑으로 그의 머리를 몇 차례 내리치셨다. 사각 모서리에 머리가 찍혀 피가 흐르자 그 친구는 영어책을 한 장씩 찢어 피를 닦고 바닥에 던졌다. 선생님은 칠판만 바라본 채 수업을 계속했고 그 친구의 영어책은 한 시간 동안 모두 찢겨 나갔다.

그해 5월 선생님은 학기 중에 갑자기 학교를 떠나셨고 영어 수업은 기술 선생님이 대신 맡게 되었다. 교실에서 있었던 그 사건이 원인이었던 것으로 보였다. 훗날에, 선생님이 떠나며 자신의 영어책을 그 친구에게 전해주셨다는 이야기를 들었다.

전교 마라톤에서 내가 행운상을 받았던 특별한 기억도 있다. 매년 개교기념일이면 전교생 마라톤대회가 열렸다. 학교에서 출발해 왕복 약 5킬로미터 코스로, 내가 2학년 때 반환점은 장대삼거리였다. 나는 단거리는 느려도 지구력은 좋은 편이었다.

교문을 나가 비포장 신작로를 따라 선두 그룹에서 떨어지지 않으려고 힘을 조절하며 열심히 뛰었다. 반환점을 돌아서 학교 앞에 도착하자 숨이 턱까지 차올랐다. 학교 정문의 오르막을 끝까지 뛰어 결승점에 다다르자 행사 진행을 돕던 학교 앞 사진사께서 나를 붙잡았다. 그날이 5월 15일이라 내가 15등으로 행운상이라는 것이었다. 부상으로 받은 노란색 '벤또' 도시락통을 안고 집으로 돌아올 때의 기쁨은 이루 말할 수 없었다.

뒤돌아보면 그 시절에 중학생이었던 우리는 제법 어른이 되었다고 생각했던 것 같다. 지금의 중학생들도 그런 생각은 크게 다르지 않을 것이다.

사람은 나이와 관계없이 자신이 세상의 중심이라 느낀

다. 하물며 정년으로 현직에서 물러난 지금도 내 나이가
한창이라 생각되는 것은 무슨 이유일까. 삶에는 적당한 나
이가 따로 없다. 모든 것은 마음먹기에 달렸고 매 순간이
나의 한창때일지도 모른다.

하굣길의 오뎅 국물

　면 소재지에 있는 중학교는 초등학교 때와 달리 주변에 가게들이 여럿 있었다. 학교가 파하면 아이들은 한두 시간씩 걸어가야 하는 집으로 곧장 향하지 않고 참새 방앗간처럼 오뎅 가게에 들러 군것질을 하곤 했다. 이곳은 여러 동네 아이들이 모여 온갖 이야기를 나누는 정보 교류의 장이기도 했다.

　하굣길은 마을의 방향에 따라 크게 세 갈래로 나뉘었다. 나와 같은 방면인 황매산 자락 아이들은 학교 담장 너머 오뎅집을 아지트로 삼았다. 길에서 조금 높은 곳에 있는 이 집에서는 담장 너머로 학교 교실과 교무실도 보였다. 해가 길어져 조금이라도 시간적 여유가 있으면 이곳에 모여 오뎅이나 떡볶이를 사 먹으며 노닥거렸다.

　추운 겨울이면 오뎅과 함께 국물을 마시면 추위가 가시기도 했는데 용돈이 따로 없어 자주 사 먹을 수는 없었다. 오뎅은 먼저 먹고 나중에 먹은 만큼의 작대기 수로 계산했다. 여러 아이들이 오뎅 솥을 둘러싸고 먹다가 어떤 아이는 빈 작대기를 슬쩍 오뎅 사이에 꽂아두고 개수를 속이기도 했다. 국물을 퍼내며 오뎅을 건져 먹는 아이도 있었다. 그러다가 주인에게 들키면 그때 가서 계산하면 그만이었다. 하지만 그런 일은 특별히 간이 큰 아이들만 할 수 있는 일이었다.

　오뎅집과 길을 사이에 두고 맞은편에는 과자를 파는 집이 있었다. 아이들이 주로 사 먹는 과자는 뽀빠이와 자야로 가격은 각각 10원과 15원이었다. 둘 다 라면을 부스러기를 튀긴 과자인데 뽀빠이는 면발이 굵고 자야는 가늘었다. 친구가 뽀빠이 부스러기를 손바닥에 조금 나눠주면 그 고소함이 입안에서 살살 녹는 것 같았다.
　시골 아이들에게 용돈이 따로 없었기에 외상으로 먹고 장부에 적어 두었다가 집에서 쌀을 몰래 퍼다 주고 갚는 아이들이 많았다. 유난히 우리 동네에 그런 아이들이 많았다. 비닐봉지를 구하기가 힘들기도 했지만 몰래 쌀을 퍼내면서 마음이 바빠 책가방에 바로 담았다. 가방 아래가 유난히 처진 아이를 보면 평소 얼마나 자주 쌀을 퍼냈는지 알 수 있었다. 몰래 퍼낸 쌀은 제값을 받을 수 없었다. 자기 집에서 가져온 쌀이지만 몰래 가져온 것임을 알고 대략 반값으로 쳐주었다. 나는 그런 일을 상상도 하지 못했다. 밥 지을 쌀도 모자란 데다 간이 작았기 때문이다.

그때는 모든 것이 그렇게 맛이 있었는데 지금은 그 맛이 어디로 갔을까. 음식에도 희소성의 법칙이 적용되는 모양이다. 먹을 것이 없을 때는 무엇이든 맛이 있었는데 마음껏 먹을 수 있을 정도로 형편이 나아지자 많이 먹지 못하는 것이 아이러니다.

황매산 철쭉이 필 무렵

초등학교를 졸업하고 어느덧 반세기가 훌쩍 지났다. 아직도 내 마음에는 동심이 남아 있는데 벌써 예순 중반의 고개를 넘고 있다니 세월이 야속하다. 해마다 황매산에 철쭉꽃 봉우리가 부풀어 오를 때면 동문들의 가슴도 함께 부풀어 오른다. 황매산 철쭉제가 열리는 오월 둘째 주 토요일 한밭골 모교 운동장에서 열리는 한마음 축제를 기다리는 마음 때문이다.

우리 초등학교는 베이비붐이 절정기였던 1961년에 분교로 출발해서 스물다섯 기의 졸업생을 배출한 뒤 1991년에 문을 닫았다. 폐교된 다른 학교와 달리 산촌생태마을과 녹색체험마을로 바뀌어 교사가 옛 모습 그대로 남아 있다는 것은 큰 다행이다. 이는 우연이 아니라 동문들의 열망과 모교를 지키려는 큰 노력의 결과로 이루어진 것이다.

우리 총동창회는 2004년에 결성되었다. 폐교된 모교가 모 종교단체로 매각될 위기에 놓였을 때 이를 보존하자는 작은 목소리에서 시작된 일이었다. 폐교의 관리가 군청으로 이관된 상태에서 유지비가 많이 든다는 명분에 모 종교단체가 인수하여 연수원으로 사용할 것이라는 소문을 듣고 고향을 지키던 한 동문이 전국의 동문들에게 호소했다. 이를 계기로 동창회가 결성되어 각고의 노력 끝에 녹색농촌체험마을과 산촌생태마을로 거듭나게 되었다.

동문 축제일이면 천여 명의 전체 졸업생 가운데 해마다 삼백 명 이상이 모여 대성황을 이룬다. 이는 전국 어디에서도 보기 힘든 풍경이다. 그날 밤이면 황매산 골짜기 곳곳에서 기수별 동기회가 열린다. 이때는 동문 각자의 가정에서 외박이 허락되는 날로 통한다.

다음 날 아침이면 황매산 철쭉 군락지에서 또 다른 만남의 장이 펼쳐진다. 밤새 기수별로 시간을 보내고, 여명이 밝아오면 철쭉을 즐기기 위해 황매평원으로 다시 모여든다. 이곳은 우리 정서의 뿌리와도 같은 곳이다.

초등학교 시절 황매산 골짜기는 하늘 아래 첫 동네라고 부를 정도로 첩첩 산골로 외부 세계와 격리된 곳이었다. 먹을 게 많지 않아 모두가 배고프던 시절 황매산은 우리의 젖줄과도 같았다. 고사리, 취나물, 곰취, 산딸기, 머루, 다래, 보리수 등 철마다 주린 배를 채워 주는 것들로 가득했고, 겨울이면 한 해 동안의 땔감을 마련하기 위해서 온 동네 사람들이 몰려드는 곳이었다. 이렇듯 황매산은 배고 팠던 시절, 골짝 사람들에게 온갖 것들을 끝없이 베풀어주던 어머니의 품과도 같은 산이었다.

십여 개의 작은 마을로부터 아이들이 모인 학교로, 집집이 여러 명의 형제자매가 같은 학교를 나와서 서로의 집안 사정이나 가족관계 등도 속속들이 다 알기에 이웃사촌처럼 친밀한 사이였다.

모산재와 누룩덤을 뒤로한 봄철 모교의 전경은 무릉도원을 연상케 할 정도로 아름답다. 그런 환경에서 열리는 축제이기에 그 분위기 또한 남다르다. 옛날에는 세상에서 제일 골짜기라던 곳이 지금은 가장 아름다운 고향으로 변해 있어서 감사하다.

아름다운 동행

초등학교 총동창회가 출범하면서 우리 동기들의 모임에 대한 필요성이 생겼다. 내가 고등학교 때 동기회가 개최된 뒤 모두 전국으로 뿔뿔이 흩어져 서로의 안부조차 제대로 모르는 상황이었다.

사십 대 중반으로 한창 바쁜 나이에 수십 년 동안 잊고 살았던 친구를 모으기는 쉽지 않았다. 고민 끝에 4학년과 6학년두 차례에 걸쳐 담임을 맡으셨던 은사님의 사은회를 열기로 했다. 걱정과 달리 예순여 명의 졸업생 가운데 마흔 명이 한자리에 모였다.

사은회가 있던 날 고향의 점촌 가든을 빌렸다. 선생님께서 도착할 즈음 친구들이 마당에 두 줄로 길을 만들고 삼십 년 만에 처음 뵙는 선생님 내외분을 맞았다. 선생님과 사모님의 가슴에 카네이션을 달아 드리고 열렬한 박수와 환호로 두 분을 맞이했다. 식순에 따라 선생님께 새 양복을 입혀 드리고 '스승의 은혜' 노래를 열창했다. 그때 우리는 사십 대 후반에 다시 초등학생이 된 기분으로 선생님의 말씀을 들었다. 대기초등학교를 8회로 졸업한 우리는 그날을 계기로 ‘대팔 동기회’라는 이름으로 다시 뭉치게 되었다.

이듬해인 2006년 선생님께서 정년을 맞으셔서 부산 광안리 바닷가 광안대교가 내려다보이는 횟집을 전세 내어 퇴임식을 마련했다. 현수막을 내걸고 오색 풍선으로 행사장을 꾸몄다. 미리 약속한 대로 친구들 모두 선생님께 드릴 편지를 준비해왔다. 그중에 세 명이 선생님 앞에서 편지를 낭독하고, 전체 편지를 함께 모아 선생님께 전해 드렸다.

“교직 생활을 시작한 후 오늘이 가장 큰 보람을 느끼는 날입니다. 이 편지를 한 장 한 장 앨범에 넣어서 가보로 간직하겠습니다.”

선생님께서는 목이 메어 말씀을 잇지 못하셨다. 곁에 계신 사모님도 눈시울이 젖었다. 그날 우리 동기들의 마음도 감동의 도가니에서 용광로의 쇳물처럼 하나로 뭉쳐졌다.

2012년에 나는 초등학교 총동창회장을 맡게 되면서 기수 회장을 겸하게 되었다. 그때 우리가 한마음 축제의 주관 기수가 되었는데, 동기들의 초등학교 시절의 추억에 관한 글을 모아 『한밭골 사람들』이라는 책을 발간했다. 점점 잊혀가는 우리의 옛 추억을 기록으로 보존하면서 친구들의 하나 된 마음을 이끌고 싶었기 때문이다. 한 사람도 빠짐없이 글을 쓰도록 노력했고 몇몇 선후배의 글도 함께 실었다. 자신의 글이 실린 책이 발간되었을 때 흐뭇해하던 친구들의 모습이 지금도 생생하다. 그 책은 골동품처럼 지금도 내 책꽂이의 가장 좋은 자리에 꽂혀 있다.

나는 동창회를 한마음 축제라는 이름에 걸맞게 전체 동창이 직접 참여하여 즐길 수 있는 분위기로 바꾸려고 노력했다. 지루한 공식 행사는 최소화하고 명랑운동회를 도입해 동문 모두의 마음을 하나로 모으고자 했다. 행사 준비 과정에서부터 당일 축제까지 동기들 각자가 스스로 주인의식을 갖고 그 결과에 대한 만족과 보람을 함께 누릴 수 있도록 노력했다. 주관하는 우리가 감동하면 동문들도 당연히 그럴 것이라 믿었고 이를 활용하여 동기들이 하나로 뭉치기를 바랐다.

행사 당일 각자에게 세세한 역할을 분담하고 명찰 뒷면에 자신의 임무를 알기 쉽게 인쇄해 배포했다. 1부와 2부 진행도 전문 사회자 대신 동기 두 명에게 맡겼다. 동기들 모두가 자신의 역할에 신이 났고 동문 모두가 감동하는 행사로 마무리되었다.

행사가 끝난 그날 밤, 우리는 모교 운동장에 있는 산촌 생태마을 펜션에서 하룻밤을 보내며 교실에 현수막을 내걸고 뒤풀이를 했다. 그때 친구들이 몰래 준비한 깜짝 쇼에 나는 친구 종환이를 끌어안고 한참을 울었다. 아름다운 동행을 향해 노력한 나의 순수한 열정이 친구들에게 전해졌다는 생각과 그 이벤트에서 친구들을 대표해 역할을 담당했던 종환이에 대한 애잔함 때문이었다. 그는 불편한 몸으로 홀로 살고 있는데 심성이 착하고 맑은 친구였다. 그는 오래지 않아 우리 곁을 영원히 떠났지만, 대팔 동기회는 지금도 아름다운 동행을 잘 이어가고 있다.

인생의 가을에 떠난 여행

잘 물든 단풍처럼

"잘 물든 단풍은 봄꽃보다 아름답다는 말이 있습니다. 우리 친구들 모두 곱게 물든 단풍처럼 아름답고 멋진 중년이 되었으면 합니다."

초등학교 부산 동기회장을 맡은 여자 동기가 울릉도 저동의 펜션에서 건넨 인사말이다. 그 말에는 우리가 어느새 인생의 가을에 접어들었음을 일깨우는 의미가 담겨 있었다.

초등학교 동기 모임에서 울릉도와 독도를 여행했다. 회갑을 앞두고 몇 해 전부터 적금을 들어 단체 해외여행을 준비했지만 3년 넘게 전 세계를 공포로 몰아넣었던 코로나 팬데믹으로 계획은 무산되었다. 친구들 대부분이 환갑과 진갑을 지난 2022년 10월 말에 코로나가 잦아드는 틈을 타 '진갑 여행'이라는 이름으로 2박 3일간 울릉도와 독도 여행을 다녀왔다.

첫째 날, 울릉도행 크루즈는 저녁 시간에 포항에서 출발했다. 당일 일정은 크루즈를 타기 전에 구룡포 일본인 가옥거리와 영일만 호미곶, 연오랑세오녀 테마파크, 환호공원 등을 둘러보는 것으로 정했다. 여행은 어디를 가느냐보다 누구와 함께하느냐가 더 중요하다고 했던가. 초등학교 친구들과 함께하는 시간은 마치 어린 시절 수학여행을 떠나는 듯한 느낌이었다.

구룡포에서 일본인이 거주하던 적산가옥을 관광지로 조성한 점보다 드라마 <동백꽃 필 무렵>의 촬영지로 알려진 계단과 아홉 마리 용이 하늘로 치솟는 조형물 앞에서 친구들과 함께 사진을 찍는 것이 훨씬 인상적이고 재미있었다.

회갑을 넘긴 친구들은 호미곶 '상생의 손' 앞에서 비상하는 새의 자세를 취하며 사진을 찍고 매서운 바람을 타며 노니는 갈매기를 새우깡으로 유인하며 즐거워했다. 연오랑세오녀 테마파크를 둘러보고 환호공원의 스페이스워크를 찾았으나 이슬비로 인해 폐쇄되어 아쉬운 발길을 돌려야 했다. 포항 죽도시장에서 파장 분위기 속에서 겨우 찾은 생선구이 정식집 소담에서의 소주와 막걸리를 곁들인 저녁 식사는 임금님 수라상보다 더 맛있었다. 시장이 반찬이었던 탓인지 종일 친구들과 나부대다가 주린 배로 먹는 된장찌개와 생선구이는 꿀맛이었다.

승선 시간까지 여유가 있어 영일대해수욕장을 찾았다. 늦가을 밤바람이 매서워 움직이기를 꺼리는 친구들은 차 안에서 추위를 피하고 있었다. 아직 몸이 건강한 친구들은 동심으로 돌아간 듯 말이나 학 등 다양한 동물상 앞에서 그 모습을 흉내 내며 사진을 찍고 영일대 밤바다의 정취를 만끽했다. 백사장에는 모래로 만든 각종 동물상이 오색의 LED 등과 함께 몽환적인 분위기를 자아내고 있었다.

영일대에서 울릉도로 가는 크루즈는 밤 9시부터 승선해 11시에 출발하고 걸리는 시간은 약 6시간 30분이었다. 객실에 짐을 풀고 서둘러 연회장으로 향했다. 벌써 여러 사람들이 좋은 자리를 차지하려고 자리다툼을 벌이고 있었다. 술과 안주를 팔면서 노래자랑으로 여행객들의 분위기를 띄우는데 우리 팀의 활기가 단연 돋보였다. 울릉도에 도착할 때까지 연회장을 여는 줄 알고 안주와 술을 푸짐

하게 시켜놓았는데 출발 시간이 다가오자 문을 닫는다고 해서 속은 기분이 들었다. 흥이 채 가시지 않은 우리는 갑판에 둘러앉아 밤바람을 맞으며 소주와 맥주를 마시며 늦은 밤까지 여행의 첫날을 즐겼다.

울릉도 일주

둘째 날 아침 여섯 시 반, 크루즈가 울릉도 사동항에 도착할 즈음 동쪽 하늘의 구름이 붉게 타오르며 아침이 밝아오고 있었다. 저동의 펜션에 짐을 풀고 아침 식사를 하러 갔는데 난생처음 맛본 엉겅퀴국이 별미였다.

오전 8시, 빡빡한 일정 속에서 섬 일주 관광이 시작됐다. 저동에서 반시계 방향으로 작은 고개를 넘으니 행정 중심지 도동이 나왔고, 울릉터널을 지나자 사동항이 나왔다. 울릉도의 행정구역은 동면과 남면이 통폐합되어 울릉읍으로 바뀌었다. 그래서 정광태의 〈독도는 우리 땅〉 노래 가사도 '울릉도 동남쪽 남면 도동 1번지' 대신 '울릉군 울릉읍 독도리 1번지'로 바뀌어 있었다.

"여기가 거북바위입니다. 보는 방향에 따라 여섯 마리에서 아홉 마리까지 거북들이 바위 위로 오르는 모습으로 보여 붙여진 이름입니다."

기사 겸 가이드의 설명이다. 바위 오른쪽 계곡의 마을 이름이 '통구미'인 이유도 거북이가 들어가는 통처럼 생겼기 때문이라고 한다.

"자, 빨리 서세요. 현수막도 가져오세요."

기사는 관광 안내보다 마음이 '콩밭'에 가 있는 듯했다. 아침부터 울릉도 마가목의 효능을 강조하더니 빨리 기념사진을 찍어주고 마가목 매장으로 데려가고 싶은 기색이 역력했다. 기암괴석과 자연경관을 느긋하게 감상하며 즐기고 싶었지만 그의 재촉에 발길을 옮길 수밖에 없었다. 울릉도는 화산 지형으로 사람이 살 땅이 많지 않았다. 섬 대부분을 바위산이 차지하고 있고 계곡 끝자락에 작은 마을들이 형성되어 있었으며 전체 인구는 구천 명 남짓이라고 했다.

버섯바위를 지나 구불구불한 산길을 오르자 만물상 전망대가 보였다. 잠시 내려 전망을 구경하고 싶었지만 기사는 곧장 태하리의 '울릉산림농산' 판매점으로 우리를 데리고 갔다. 일부 친구들은 만병통치약이라는 마가목을 사고 좋아했지만 나는 별 관심이 없었다.

태하리를 지나 구불구불한 경사로는 샌프란시스코의 러시안힐을 연상시켰다. 산을 넘어 또다시 쇼핑센터로 가는데 그곳이 울릉도 호박엿 매장임을 바로 알 수 있었다. 집

입구에는 누런 호박들이 수북이 쌓여 있었다. 여행을 갔으니 선물은 사야 하는데 울릉도에서는 호박엿이 그래도 부담 없는 선물이었다.

나리분지는 해발 250~300미터 정도의 분지로 가을이라 주변 산들에는 단풍이 곱게 물들어 있었다. 이곳은 넓은 분화구로 마가목을 재배하는 밭이 많았다. 울릉도에는 경작지 대부분이 나리분지에 있는데, 관광객들이 관광을 겸해 점심을 먹을 수 있는 식당들도 이곳에 많았다.

북쪽 순환도로를 통과할 때 주변 바다에 기암괴석이 많았다. 푸른 하늘을 배경으로 한 성불사 뒤 바위산도 절경이었고 관음도에서 삼선암 쪽을 바라보는 바다의 경치도 아름다웠다.

독도, 파도와 맞선 시간

울릉도에서 독도로 가는 배는 하루 한 번뿐이었고 오후 한 시 반에 출발해서 왕복 네 시간이 걸렸다.

"오늘 파고는 2.5미터로 풍랑이 심하니 모두 객실 뒤편 매점에서 멀미약을 사 드시기 바랍니다."

배가 출발하기 전에 안내방송이 몇 번씩이나 반복되었다.

　여자친구들은 대부분 심한 멀미를 했는데 그중에서도 남순이가 가장 고생을 많이 했다. 남순이는 배가 출발하고부터 의자 밑에 퍼질러 앉아 있기도 하고 화장실에 가서 위아래로 끝없이 쏟아냈다고 했다. 약 한 시간 반 정도 후에 창밖으로 나타난 독도를 보니 감회가 새로웠다.

　"독도에 도착했습니다. 여러분께 드리는 독도 관람 시간은 20분입니다."

　하선하자 짧은 시간 안에 좋은 사진을 남기려고 흩어진 친구들을 겨우 모아 단체 사진을 찍었다. 마치 전쟁에서 승리한 듯 모두가 행복해했다. 멀미를 심하게 해서 배에서 내리지 않으려던 남순이도 독도의 신선한 바람에 기운을 되찾았다. 풍랑이 심하면 배가 접안하지 못하고 돌아가는 경우가 많다는데 우리는 운이 좋았다.

　잡지에서 보던 촛대바위와 삼형제굴을 보니 가슴이 뭉클했다. 갈 때는 친구들과 <독도는 우리 땅> 노래를 부르려고 블루투스 스피커까지 준비했지만 그럴 시간적 여유는 없었다.

　독도를 외로이 남겨 두고 뱃머리를 울릉도로 돌리자 동도 정상에 작은 초소와 바람에 힘차게 나부끼는 태극기가 보였다. 돌아오는 길에는 풍랑이 더 거세져 남자들도 힘들어했다.

울릉도로 돌아와 하선하자 남순이는 눈도 제대로 뜨지 못한 채 친구들의 부축을 받으며 걷고 있었다. 다음날 오전에 유람선으로 울릉도 일주가 예정되어 있었는데 모두 손사래를 쳤다. 여행사에 미리 돈을 지불했지만 전날 독도에 갈 때 고생을 해서 배는 생각도 하기 싫다고 했다.

여행을 다녀온 지 2주쯤 뒤, 여행사를 연결해주었던 친구 윤구에게서 전화가 왔다. 남순이가 독도행 배에서 가슴을 부딪쳐 갈비뼈가 골절됐다고 했다. 남순이에게 전화를 하니 갈비뼈 두 대는 골절되고, 두 대는 금이 간 상태라고 했다. 그녀는 원래 아픔을 잘 참는 성격이라 본인도 뼈가 부러진 줄은 몰랐었다고 했다.

갈비뼈까지 부러지는 고통 속에서 친구들과 함께한 2박 3일의 울릉도·독도 여행은 오래도록 잊히지 않는 추억으로 남았다.

라디오 너머의 추억

어느 날 아침 출근길 라디오에서 낯익은 이름이 귀를 스쳤다. 목소리의 주인공은 중학교 동기 덕출이었다. 그는 MBC <여성시대>에 사연을 보내 진행자 손숙·김승현과 통화하며 아버지 이야기를 들려주고 있었다. 그의 부친은 중학교 때 은사님이었다. 퇴직하셨지만 교직 생활로 성대 결절이 생겨 발성이 어렵다고 했다.

그 순간 휴대전화로 방송국에 전화를 걸었다.

"조금 전 방송된 김삼시 선생님은 제 은사님이고 전화 연결된 분은 제 친구입니다."

담당 PD는 잠시 놀란 듯하다가 말했다.

"그럼 잠시 후 생방송에 연결해 드리겠습니다. 전화번호를 알려주세요."

급히 연구실로 달려가 기다리자 방송국에서 유선전화가 걸려왔다.

"잠시 후 진행자가 호출하면 대화하시면 됩니다."

전화기 너머로 생방송 소리가 흘러나왔다.

“여보세요!” 진행자 두 사람이 동시에 외쳤다.

“네, 안녕하세요, 손숙 씨, 김승현 씨.”

“어디 사는 누구세요?”

“저는 부산에 사는 윤병우입니다.”

“자주 <여성시대> 들으시나요?”

“네, 출근길마다 듣습니다. 두 분 덕분에 매일 즐겁습니다.”

그날 우리는 약 7분 동안 선생님을 둘러싼 추억을 나눴다. 방송 이후 어느 주말, 부산에 사는 몇몇 동문과 함께 고향을 찾아 선생님을 뵙고 감사와 위로의 마음을 전했다.

덕출이를 처음 만난 것은 중학교 입학 때였다. 그의 부친은 역사 선생님이셨고 덕출이는 중학교 3년 내내 일 등을 놓치지 않았다. 이후 선발 고사로 진주고등학교에 진학해서도 성적은 늘 상위권이었다.

선생님은 우리 모교 역사 그 자체였다. 1회부터 39회 졸업생까지 40년간 재직하며 수많은 제자를 길러냈다. 우리 가족만 해도 형님과 동생, 조카들까지 모두 선생님께 배웠으니 사실상 우리 가족의 스승님이라 할 수 있다.

선생님은 1953년 모교 개교 이듬해 부임해 40년간 봉직하셨다. 6·25 전쟁으로 부산에 피란 온 서울대 사범대학

에 입학할 정도로 수재였지만 집안 형편 때문에 대학 환
도를 따라가지 못했다. 십시일반으로 학교를 세운 지역 선
각자들의 부탁으로 잠시 교단을 맡은 것이 계기가 되어
평생 그 자리를 떠나지 못했다. 초창기 정비되지 않은 교
육 제도 속에서 교사 자격증 문제로 승진과 퇴직금도 제
대로 받지 못한 채 노년을 보내야 했다.

그럼에도 선생님은 회고록에 이렇게 적었다.

'제자들이 스승의 은혜를 알아주는 것이 가장 큰 보람이
었다.'

시골 사립중학교에서는 교사 한 명이 여러 과목을 맡아
야 했다. 영어와 체육을 제외한 대부분 과목을 가르치셨고
음악 수업 경험담에서는 이렇게 회고했다.

'처음에는 악보도 볼 줄 몰랐고 오르간도 칠 줄 몰랐지
만 독학으로 음악을 가르쳤습니다. 퇴임하며 분실된 교가
악보도 직접 채보했습니다.'

내가 중학교에 다닐 때 선생님은 음악과 역사를 가르치
셨다. 교직 생활 내내 아끼던 교편은 퇴임 후에도 집 벽에
걸어두셨다고 한다. 수업 중 교편을 뒤에 받치고 기대어
한국사와 세계사를 흥미롭게 들려주시던 모습이 생생하
다. 학생들이 엉뚱한 짓을 하면 "얄마얄마 너 이리 나와!"
하며 소리치던 표정까지 기억난다.

3년 전 선생님께서 돌아가셨다는 부고를 들었지만 코로나 때문에 조문조차 가지 못하고 조화만 보냈다. 지난해 사모님이 별세했을 때는 제일 먼저 장례식장으로 달려가 마음을 담아 조문했다.

선생님은 1972년 전국 중등교원 교단 수기 현상모집에서 우수상을 수상했고 퇴임 후에도 꾸준히 글을 쓰며 여러 지방신문에 기고하고 네 권의 수필집을 출간했다. 돌아가신 지 3주기를 맞아 생전에 출판하지 못한 유고들을 덕출이가 한 권의 책으로 엮는다니 친구로서 기특하고 자랑스럽다.

가난한 농부의 아들로 태어나 내성적이던 나는 처음에는 덕출이를 가까이하기 어려웠다. 그러나 그의 따뜻한 마음을 알게 된 뒤 우리는 깊은 우정을 나누고 있다.

큰바위 얼굴

내가 태어나고 자란 곳은 황매산 모산재와 야산으로 둘러싸인 하늘 아래 첫 동네였다. 차가 다닐 수 있는 도로가 없었고 전기도 들어오지 않아 호롱불로 밤을 밝혀야 했다. 호롱불 아래에서는 서로의 얼굴조차 분간하기 어려웠고 문풍지 사이로 스며든 바람에 불이 자주 꺼지곤 했다.

해가 지고 땅거미가 밀려오면 세상은 순식간에 암흑천지가 되었고 교통수단이나 매스컴이 없어 외부와는 완전히 단절된 곳이었다. 초등학교에 입학하기 전까지 나는 우리 동네에서 머리를 들면 바라보이던 하늘 아래가 세상 전부인 줄로만 알았다. 어쩌면 '세상'이라는 개념조차 없이 모든 것을 당연하게 받아들이던 그 시절의 삶은 동물의 세계와 비슷했다고 할 수 있다. 동네 노인 중에는 황매산에서 호랑이를 보았다고 말씀하신 분도 계셨으니 호랑이가 담배를 피우던 시절이었다고 과장해 말할 수도 있다.

스물일곱여 가구쯤 되던 우리 동네는 절반 이상이 초가지붕이었는데 우리 집은 기와집이었다. 정확히 말하면 본

채는 기와집이고 마구간은 초가집이었다. 소와 돼지가 사는 마구간의 나지막한 초가지붕 위에는 박넝쿨 사이로 새하얀 박꽃과 둥근 박들이 주렁주렁 달렸고 그 뒤로 멀리 모산재의 바위산이 웅장한 모습으로 드리워져 있었다.

해거름 무렵 모산재 자락에 어둠이 서서히 내려앉기 시작하면 밭에 나가신 부모님을 기다리며 마음이 괜스레 외롭고 쓸쓸해지곤 했다. 뚜렷한 대상도 없는 막연한 그리움과 어스름이 몰고 오던 그 감정은 지금도 눈을 감으면 아련히 되살아난다.

나는 평소 말이 없고 조용한 성격으로 마루 끝에 걸터앉아 모산재의 바위들을 바라보며 온갖 상상의 나래를 펼치곤 했다. 초등학교 국어 교과서에서 읽은 『큰바위 얼굴』 속 소년 어니스트처럼 나에게 모산재는 경외의 대상이었다. 지금은 바위 사이사이에 나무가 자라고 있지만 예전에는 깎아지른 암벽과 기암괴석들로만 이루어져 웅장하고 신비로운 산이었다. 살짝 밀기만 해도 굴러떨어질 듯한 온갖 형상의 바위들이 곳곳에 널려 있었는데 '모산재에서 바위가 굴러떨어지면 큰 인물이 죽는다'는 이야기도 전해 내려왔다.

세월이 흘러 2001년 미국 콜로라도주립대학교에 1년간 연구년으로 머물고 있을 때의 일이다. 연휴를 맞아 가족들과 함께 사우스다코타주의 러시모어 국립공원을 찾았다. 우리가 살던 포트콜린스에서 북동쪽으로 약 500킬로미터, 자동차로 여섯 시간쯤 걸리는 거리였다.

그곳에는 거대한 화강암 산에 미국의 네 대통령—조지 워싱턴, 토머스 재퍼슨, 시어도어 루스벨트와 에이브러햄 링컨—의 얼굴이 새겨져 있었다. 조각가 거츤 보글럼이 1927년부터 14년에 걸쳐 이 작품을 완성했다.

이 산은 원래 아메리카 인디언들의 성지로, 그들은 이곳을 '여섯 명의 할아버지'라는 뜻의 '통카실라 삭페'라 불렀다고 한다. 보글럼이 이 바위산에 사람 얼굴을 조각하려 하자 원주민들은 격렬하게 반발했다. 사우스다코타와 노스다코타, 몬태나 등 미국 북부의 캐나다 접경 산악지역에는 지금도 인디언 보호구역이 많다.

어둠이 밀려올 무렵에 도착해 거대한 얼굴들이 조각된 산을 바라보는 순간 내 뇌리에는 너새니얼 호손의 큰바위 얼굴과 고향 모산재 바위산이 겹쳐지며 큰 감동으로 밀려왔다. 호손이 그 소설을 쓴 해는 1852년으로 러시모어 조각상이 만들어지기 75년 전이다. 보글럼이 이 산에 거대한 얼굴 조각을 시도할 때 그 소설에서 영감을 받지 않았을까 하는 생각도 들었다.

호손의 『큰바위 얼굴』은 미국 어느 산골의 인디언 원주민들에게 전해 내려오던 예언에서 시작된다. 어니스트라는 소년은 어머니로부터 '언젠가 이 마을에서 큰바위 얼굴을 닮은 위대한 인물이 탄생할 것'이라는 이야기를 듣고 평생 그를 기다린다.

세월이 흐르면서 큰바위 얼굴을 닮았다는 사람들이 차례로 등장한다. 엄청난 부를 지닌 상인, 정복자 장군과 뛰어난 웅변술을 가진 정치인이 그들이다. 그러나 주인공 어니스트는 부자에게서 탐욕을, 장군에게서 지혜와 자비의 부족함을, 정치인에게서 사랑이 부족함을 느끼고 그들이 '큰바위 얼굴'이 아님을 깨닫는다.

노년이 되어 평신도 설교자가 된 어니스트는 어느 날 시인의 방문을 받는다. 시인은 그의 설교를 들으면서 석양빛에 비친 어니스트의 얼굴에서 자비와 위엄을 발견하고 외친다.

"그대가 바로 큰바위 얼굴이오!"

그러나 어니스트는 고개를 저으며 언젠가는 자신보다 더 훌륭한 이가 큰바위 얼굴로 나타날 것이라고 믿는다.

하늘 아래 첫 동네였던 내 고향도 이제는 많이 달라졌다. 마을까지 아스팔트 도로가 뚫리고 생활환경도 예전보다 훨씬 좋아졌다. 예전의 어른들은 대부분 세상을 떠나셨고 이웃 간에 정이 점점 옅어져 가는 듯해 아쉽고 씁쓸하다.

내 어린 시절이 그립다. 모두가 배고팠던 시절 손바닥은 거북 등처럼 갈라지고 얼굴은 억세고 무뎠지만 콩 한 쪽도 나누어 먹던 순박한 그 사람들이야말로 진정한 '큰바위 얼굴'이었다는 생각이 든다.

2부
고향을 떠나서

고등학교 시절

중학교 시절 진주고에 합격하는 것은 나의 가장 큰 꿈이었다. 그러나 막상 입학하고 보니 또 다른 산이 기다리고 있었다. 고교 평준화 정책으로 전국 대부분 도시는 학군제로 바뀌었지만 진주와 마산만은 예외적으로 선발 고사를 유지하고 있었다. 시골 중학교 출신이었던 나는 도시에서 체계적으로 교육받은 친구들과 경쟁하는 일이 쉽지 않았다. 특히 영어는 가장 큰 난관이었다. 문법책을 아무리 붙들고 공부해도 중학교에서 허술하게 다져진 기초를 짧은 시간 안에 바로잡기란 쉽지 않았다. 중학교 시절 나는 아침저녁으로 6킬로미터에 이르는 산길을 오가며 가방 배달부나 다름없는 세월을 보냈기 때문이다.

모교에는 도서관 시설이 잘 갖추어져 있어 밤늦게까지 공부하는 학생들로 늘 가득했다. 그 무리 속에서 뒤처지지 않으려고 발버둥을 쳤다. 그러나 나의 발목을 잡은 것은 끊임없이 밀려오는 졸음이었다. 어릴 때부터 몸이 약했던 데다 자취 생활로 영양이 충분하지 않아 늘 비실거리던 나에게 도서관처럼 공기가 탁한 공간에서는 졸음이 더 심했다.

방학에는 부족한 과목을 보충해야 했지만 용돈을 아끼기 위해 고향에서 시간을 보냈다. 특히 겨울방학이면 형님과 함께 황매산에 올라 나무를 했다. 한 해 동안의 난방과 취사용 나무를 미리 준비해야 했기에 농한기인 겨울은 말 그대로 '나무하는 계절'이었다. 돌이켜보면 학창 시절에는 부모님께 조금 기대어도 되었을 텐데 집안의 어려운 형편을 알고 스스로 내린 선택이었다.

나보다 한 학년 아래 동생이 고등학생이 되고부터 어머니가 오셔서 밥을 해 주셨다. 우리는 비봉산 아래 조그마한 슬레이트집의 방 한 칸을 세내어 살았다. 2학년 때 같은 반 옆자리 친구가 가끔 놀러 오곤 했는데 그럴 때마다 어머니는 석유 곤로에 밥을 짓고 시락국과 김치 반찬으로 알루미늄 상에 식사를 차려주셨다. 그때 친구가 우리 집의 분위기를 진심으로 부러워하는 것에 적잖이 놀랐다. 자기 집이 너무 부자인 것이 싫다는 말도 했다. 그의 아버지는 시외버스 운수업을 하셨는데 진주에서 이름만 대면 알 수 있는 분이었다. 그는 우리 학교 영어 선생님에게 직접 과외를 받는다는 소문도 있었다. 먹고 살기조차 힘들었던 나는 도무지 이해할 수 없는 말이었지만 지금에 와서 생각

해 보면 그때 그의 말이 무슨 뜻이었는지 어렴풋이 짐작
된다.

나는 영어·수학·국어 주요 세 과목으로 대입 본고사를
치렀던 마지막 기수였다. 매주 월요일 아침마다 돌아가며
주관식 주초 고사를 치렀고 그 결과를 바탕으로 성적 우
수자의 이름을 복도 게시판에 붙였다. 나는 그곳에 한 번
만이라도 이름을 올려 보려고 애썼지만 쉽지 않았다. 기
초가 중요한 이 과목들에서 중학교 때 허술했던 밑바탕이
발목을 잡았기 때문이다.

아무리 노력해도 성적이 좀처럼 오르지 않고 몸까지 지
칠 때면 스스로 한계를 느끼곤 했다. 부족한 부분을 학원
에서 보충할 형편도 되지 않았다. 누군가 주변에서 한 마
디라도 조언해 줄 수 있으면 좋겠다고 생각했지만 그런
환경은 애초에 기대할 수 없었다.

책을 펴고 있으면 머릿속에는 엉뚱한 생각만 맴돌아 공
부가 손에 잡히지 않을 때가 있었다. 한창 힘들 때는 세상
을 등지고 싶다는 염세적인 생각이 들기도 했다. 누구나
사춘기를 겪듯 그때 나 역시 사춘기의 한가운데 있었던
것 같다.

3학년이 되고부터 선생님들께서는 공부를 훨씬 더 강하게 시키셨다. 더는 물러설 수 없는 자리에서 이를 악물고 따라가다 보니 나름의 성과도 얻을 수 있었다.

생각해 보면 고등학교 때는 참 혼란스러운 시간이었다. 공부도 힘들었지만 사춘기로 마음까지 흔들려 내 인생에서 가장 힘들었던 때가 아니었나 생각된다.

그해 가을의 선택

고등학교 3학년이던 1979년은 나라가 매우 혼란스러웠다. 10월 26일 박정희 대통령이 암살되고 비상계엄이 선포되었다. 우리에게는 너무나 충격적인 사실로 마음에 동요가 있었지만 11월 예비고사는 순조롭게 치러졌다. 나는 대학 본고사를 치르던 마지막 기수였다. 전 과목에 대해 예비고사를 치른 뒤 그 성적으로 대학과 학과를 선택해 영어·수학·국어 세 과목으로 대학별 본고사를 치르던 때였다.

그해 예비고사 성적에 우리 학교는 유난히 술렁였다. 전국 이과 수석을 같은 반 친구가 차지했고, 선생님들이 공부를 많이 시킨 만큼 우리 학교의 성적은 좋았다.

예비고사 성적을 받고 나는 같은 반 친구 두 명과 부산대 공대 특차 전형에 지원하기로 했다. 이는 전년도부터 시행된 제도로 예비고사 성적만으로 본고사 전에 일부 학생을 선발하는 방식이었다. 그러나 담임은 우리에게 원서를 써주지 않으려고 했다.

"우리 학교에서는 특차 원서는 써주지 않는다."

당시 우리 학교와 마산고는 서울대 합격자 수로 서로 경쟁하던 분위기여서 예비고사 성적만으로 우선 선발하는 특차 전형에 원서를 쓰는 것을 꺼렸다. 선생님께서 나에게 다른 대학의 자연대를 권유했지만 어려서부터 공대만을 생각할 만큼 적성과 관심이 분명했던 나는 마음을 바꾸지 않았다. 국립대와 사립대의 등록금 차이가 서너 배에 달했던 시대로 가정 형편상 나는 부산대 공대 특차를 끝까지 고집했다.

원서 마감이 임박하자 마음이 급해져서 세 사람을 대표해 수신이가 교무실로 들어갔고 우리 둘은 복도에서 숨을 죽이며 기다렸다. 잠시 후 고개를 푹 숙인 채 볼을 감싸 쥐고 걸어 나오던 수신이가 복도에 침을 뱉었는데 바닥에는 침과 함께 피가 섞여 있었다. 선생님이 솥뚜껑 같은 손으로 그의 뺨을 때린 것이었다. 그때 우리 담임의 별명은 솥뚜껑이었다.

우여곡절 끝에 우리는 접수 기간 안에 원서를 제출할 수 있었고 세 사람 모두 특차로 합격했다. 수신이와 나는 그대로 입학했고 홍균이는 4년 전액 장학생으로 다른 길을 선택했다.

본고사 전형의 시험이 있기 전에 특차 전형의 면접을 위해 부산에 왔을 때 아버지를 따라 고종 형님댁에 머물렀다. 아버지와 나이 차가 많지 않았던 고종은 아들이 부산대 약대에 다니고 있었다. 세상 물정에 밝은 그분은 나에게 학교로 돌아가서 다시 다른 길로 원서를 쓰라고 조언했다. 하지만 그 말도 나에게는 깊이 와닿지 않았다. 한 번 꽂히면 다른 말이 잘 들리지 않는 나의 성격 때문이었는지 공대에 대한 나의 신념이었는지는 모르겠다. 그런 것을 두고 팔자라고 하는지도 모르겠다.

솥뚜껑의 추억
- 36년 만의 반창회

　고등학교를 졸업한 지 36년 만인 2015년에 서울에서 반창회가 열렸다. 3학년 때 반장이었던 석규가 설을 맞아 귀국한다는 소식에 화순이가 카카오톡에 단톡방을 만들고 반창회를 추진했다. 석규는 중국에서 한 기업의 중역으로 일하고 있었다. 고등학교 때 같은 반이었던 친구들이 대학에 진학하면서 뿔뿔이 흩어졌다가 SNS에서 한데 뭉치자 단톡방은 온갖 이야기로 시끄러워졌다.

　평일 저녁 서울에서 열리는 모임이라 다른 도시에서 직장을 다니는 친구들은 참석하기가 쉽지 않았다. 부산에 사는 나도 선뜻 마음을 내지 못하고 반창회가 있는 당일 오전까지도 망설였다. 하지만 졸업 후 36년 만에 처음 열리는 반창회인데 그 기회를 놓치면 후회할 것 같아 무작정 부산역으로 향했다. 역에 도착하자 남은 표는 입석뿐이었다.

기차를 타고 서울로 가는 중에도 단톡방 알림이 쉼 없이 울렸다. 설레는 마음에 나는 기차 안에서 내 기분을 단톡방에 적어 보냈다.

몰아치는 이 그리움!
옛 친구에 대한 그리움일까,
지난 추억에 대한 그리움일까?
망설임의 종착역에서
서울행 KTX에 몸을 실었다.
36년 세월 속에 빛바랜
내 기억의 장면을 찾으러 길을 나섰다.
입석이지만
마음은 설렌다.
오늘 밤
인생의 중간역에서
함께 타임머신을 탈 친구들이
눈앞에 아롱거린다.

서울에 도착해 반창회가 열리는 인사동 골목으로 들어섰다. 골동품 가게를 기웃거리며 지도를 보고 약속 장소를 찾아갔다. 약속된 시간이 가까워지자 친구들이 하나둘 모여들었다. 우리는 뜨거운 포옹으로 그동안의 안부를 나누었다. 자주 보던 친구도 있었으나 36년 만에 처음 보는 얼굴도 많았다. 그동안 만나지 못했던 친구들의 얼굴에는 세월의 흔적이 선명히 새겨져 있었다.

술이 한잔 들어가자 방안은 온통 고등학교 때 추억 이야기로 가득했다. 자습 시간에 몇 명이 학교에서 몰래 빠져나가 파전 안주에 막걸리를 마셨던 일, 채변봉투를 제때 제출하지 않아 반장이 담임에게 밀대 자루로 마흔 대를 맞았던 일과 장가도 가지 않은 주제에 다음에 서로 사돈을 맺자고 약속했던 일까지 온갖 에피소드가 끝없이 쏟아졌다. 그중에서도 단연 화제의 중심은 '채변봉투 사건'이었다.

담임선생님이 출장을 간 날이 있었다. 공교롭게도 그날이 채변봉투 제출일이었는데 준비해온 사람은 드물었다. 담임 대리 선생님은 그날 오후까지 꼭 채변봉투를 제출하라고 했고 우리는 할 수 있는 최선의 노력을 다했다.

다음 날 담임은 교실에 들어오자마자 소리쳤다.

"어제 오후에 채변봉투 낸 놈들 모두 일어서!"

전날의 상황을 전해 들은 그는 몹시 화가 나 있었다.

자리에서 일어선 학생들에게 뺨이 차례로 날아갔다. 손

이 유난히 크고 힘이 셌던 선생님으로부터 뺨을 맞은 아이들은 한결같이 교실 바닥으로 고꾸라졌다. 나 역시 그중의 한 명이었다.

선생님은 반장을 앞으로 불러내어 다짜고짜 엎드리라고 소리쳤다. 그리고는 교실 앞의 밀대 자루를 발로 밟아 부러뜨린 뒤 몽둥이를 만들어 반장의 엉덩이를 힘껏 내리치기 시작했다. 몽둥이가 박살 나도 반장은 꿈쩍하지 않았다. 그러자 선생님의 표정은 더욱 굳어졌고, 또 다른 밀대 자루로 몽둥이를 만들었다.

두 개의 밀대 자루로 마흔 대를 맞고도 꿈쩍하지 않았던 반장은 그때부터 우리 반의 전설이 되었고, 담임선생님의 별명은 '솥뚜껑'이 되었다. 솥뚜껑처럼 크고 억센 손 때문이었다. 아이러니하게도 그때 끝까지 채변봉투를 제출하지 않은 학생들은 뺨을 맞지 않았다. 흥분했던 선생님께서 거기까지는 미처 생각하지 못했던 것이었다. 그때 남의 변을 빌려 넣었거나 아예 황토를 담아 제출한 사람도 있었다는 사실을 이번 반창회에서 알게 됐다.

술잔이 오가며 서로의 근황을 묻고 추억담을 나누는 사이 시간이 금세 흘렀다. 짧은 만남이었지만 뜻깊고 뜨거운 밤이었다.

나는 2차를 향하는 친구들과 헤어져 다음 날 출근을 위해 부산행 KTX에 몸을 실었다.

열차에 오른 뒤 조용히 하루를 되새겨 보았다. 처음엔 망설였지만 억지로라도 참석해서 그 시절을 함께 보냈던 친구들을 한 번이라도 만날 수 있었던 것이 참 다행이었다는 생각이 들었다.

나의 대학 시절 풍경

　대학에 입학한 지 석 달도 채 되지 않아 학교는 문을 닫았다. 1980년 5월 17일 신군부가 전국에 계엄령을 선포하고 일체의 정치 활동을 금지했고 휴교령과 함께 대학에는 무장 군인이 진주했으며 교문에는 탱크와 장갑차가 버티고 있었다.

　군인이 지키고 있는 캠퍼스에 함부로 접근했다가는 삼청교육대에 끌려갈 수도 있다는 두려움 속에서 자유로운 학문의 장이 되어야 할 대학은 순식간에 적막강산이 되었다. 이때부터 휴교령이 해제된 9월 중순까지 한 학기 내내 수업은 전혀 없었고 그 학기 성적은 시험 대신 리포트로 대체되었다.

　그해 있었던 '7·30 교육개혁 조치'에 따른 과외 금지 정책은 나처럼 가난한 시골 출신 대학생들에게는 치명적인 제도였다. 대학생들이 과외를 통해 잡비를 벌어 쓰던 기회가 원천적으로 차단되었다. 하지만 대학 2학년을 마치고 입대해 27개월간 군 복무를 한 뒤 1984년 제대하면서부터는 중학생 과외를 음성적으로 하며 스스로 용돈을 마련할 수 있었다. 그때부터 부모님께 부담을 드리지 않을 수 있어 마음이 한결 편했다.

고등학교 때 선생님들께서 대학에 가면 실컷 놀 수 있으니 고등학교 시절에는 열심히 공부하라고 하셨다. 그 핑계로 대학에 입학한 뒤부터는 캠퍼스의 낭만을 즐기며 마음껏 놀았다. 나는 아마추어 무선(HAM) 동아리에 가입했다. 신입생을 대상으로 한 회원 모집 부스에서 무전기로 교신하는 모습을 보고 신기함을 느껴 관심을 갖게 되었다. 당시에는 사회적 통제가 심해 외국 사람들과 교류할 기회가 거의 없었지만 아마추어 무선사들은 북한을 비롯한 일부 적성 국가를 제외하고 세계 대부분의 나라와 무전기로 교신할 수 있다는 점에서 큰 매력이었다. 동아리 활동을 하면서 나는 교신 보다는 무전기를 만드는 일에 더 관심을 가졌다. 고등학교 때부터 스스로 라디오를 만들어 친구에게 줄 정도로 호기심이 많았기 때문이다.

캠퍼스에는 연일 최루탄이 난무했다. 민주화를 요구하는 대학생들의 시위에 맞서 전투경찰이 최루탄을 많이 쏘아 강의실에서 수업을 듣는 것조차 힘들었다. 어릴 때부터 아버지나 조직에 순종하며 살아왔던 나로서는 데모하는 학생들이 쉽게 이해되지 않았다. 그래서 시위에 가담한 적은 별로 없었는데 지금 돌이켜보면 그때의 내가 무지했다는 생각과 함께 부끄럽게 느껴질 때도 있다.

입학 후 2년을 '낭만'이라는 이름으로 열심히 놀다 보니 학점 관리가 제대로 되지 않았다. 그제야 덜컥 겁이 나서 휴학하고 군에 입대했다.

군 제대 후 캠퍼스로 돌아오자 가장 눈에 띈 변화는 캠퍼스를 누비는 커플들의 모습이었다. 남녀가 손을 잡고 걷는 모습을 보고 처음에는 많이 놀랐다. 입대 전에는 남녀가 함께 걸을 때 바로 옆에 서는 것조차 부담스러운 분위기였는데 그사이 세상이 많이 달라져 있었다.

복학을 하면서 마음가짐부터 새로워졌다. 눈앞에 닥친 취업이 걱정되어 군 미필 재학생들보다 더 열심히 공부할 수밖에 없었다. 학점을 위한 전공 공부뿐 아니라 취업을 위한 토익 공부에도 매달렸다. 말 그대로 발등에 불이 떨어진 셈이었다. 친구와 영어 회화 학원에 다니면서 캠퍼스 잔디밭에 앉아 학원에서 배운 내용을 둘이서 연습하기도 했다. 어쩌면 이것 또한 대학생 시절의 낭만이었을지 모른다.

내가 대학을 다니던 1980년대는 개발도상국에서 중진국으로 도약하던 고도성장기였기에 취업의 문이 활짝 열려 있었다. 졸업 시즌에 대기업 공채 시험을 치르면 수천 명을 한꺼번에 뽑아 연수원에서 몇 달간 신입사원 교육을 한 뒤 자회사에 배치하곤 했다. 더욱이 내가 다녔던 전자공학과는 학기 중에 특채로 채용해 등록금은 물론 매달 생활비까지 지원해 주던 시절이었으니 우리는 참으로 운이 좋았던 세대였다.

대기업 공채도 사라졌고 기업들도 값싼 임금을 찾아 해외로 나가 젊은이들이 일자리를 찾지 못하고 방황하는 현실이 안타깝다. 예전보다 복잡다단해진 사회 구조에서 그 해법을 쉽게 찾을 수 없다는 점이 더 쓸쓸하다.

한여름 밤의 일기

한줄기 소나기가 지나가고 맑게 갠 한여름 밤, 풀벌레들의 울음소리에 잠 못 이루고 뒤척인다. 답답해서 밖으로 나가 시원한 공기를 깊이 들이마신다. 밤하늘에 북두칠성과 카시오페이아자리가 유난히 눈에 띈다.

어릴 적 한여름 밤이면 마당 한가운데 모깃불을 피워 놓고 동생과 평상에 드러누워 밤하늘 별자리를 찾으며 서로 먼저 봤다고 우기던 기억이 떠오른다. 그때 늘 북두칠성은 대문 앞에 우뚝 서 풋감을 주렁주렁 달고 있던 감나무 가지에 걸려 있었다. 그러다가 짐승 울음소리가 나면 무서움에 질려 스르르 방으로 기어들곤 했다. 여름밤이면 동네 아이들과 수박이랑 참외 서리를 해 멧부리에 숨어 정신없이 먹어 치우던 주옥같은 추억들이 그립다.

유성이 밤하늘에 꼬리를 치며 휙 지나간다. 알퐁스 도데의 소설 『별』이 떠오른다. 목장에 온 아가씨가 소나기로 물이 불어 돌아가지 못하고 목동의 등에 기대어 쌔근쌔근 잠이 들었을 때 황홀해진 목동은 두 눈을 부릅뜨고 내가 보고 있는 저 별들을 헤아리고 있었으리라.

남북으로 길게 은하수가 흐르고 있다. 저 은하수 속에는 꿈속의 요정들이 수정같이 맑은 물에 몸을 담그고 있겠지. 북두칠성의 국자로 은하수 한 바가지를 마시고 세속에 물든 마음을 깨끗이 씻어 볼거나.

이제 시내도 완전히 잠이 들었다. 어둠에 묻힌 시내 한 집에서 반딧불처럼 희미한 불빛이 새어 나온다. 저 불빛 아래에서는 어떤 사람이 무슨 사연으로 저렇게 밤을 지새우고 있을까. 용마를 타고 청운을 겨냥하려는 한 소년이 졸린 눈을 비비며 아직도 책상 앞에 앉아 있을지 아니면 아무에게도 알리고 싶지 않은 꿈을 밤하늘의 성좌에 새기듯 기도하며 이 밤을 지새우는 소녀가 있을지 모를 일이다. 자동차의 비명이 밤공기를 가르며 지나간다.

아름다운 한여름 밤이다.

대학 2학년을 마치고 1982년 3월에 입대하여 논산훈련소에서 6주간의 신병 교육을 마치고 통신 특기병으로 자대에 배치되었다. 군 생활 중에 연대 RCT 훈련을 위해 안양 석수동에 있는 연대본부에 통신병으로 파견된 적이 있었다.

시흥에서 군포로 가는 길목의 연대본부 앞에는 5층짜리 주공아파트가 가장 높은 건물이었고 그 주변은 모두 단독주택으로 시골처럼 한적했다. 건너편으로 관악산이 보이는 조그만 야산 자락에 자리 잡은 연대본부 위병소 앞으로 1호선 국도가 지나가고 있었다.

그 무렵 군대에서 가장 힘든 일은 점호시간이었는데 파견 근무지에서는 일석 점호로 인원 파악만 할 정도로 느슨했다. 그 틈을 타 나는 밤마다 노트에 여러 생각이나 일기를 적곤 했는데 이 글은 그때 일기장에 적어 두었던 내용이다.

그 아이 현미

대학 2학년을 마치고 군에 입대해 17사단에 배치되었다. 대대본부는 서울 남부순환도로 근처의 까치골에 있었고 대대 산하 세 개 보병 중대는 김포공항 경비, 수도군단 헌병대 파견, 대대본부 근무를 각각 10개월 주기로 순환하며 맡고 있었다.

내 첫 근무지는 김포공항 서쪽 끝자락이었다. 공항에 상황이 발생할 경우를 대비하는 임무를 맡은 부대였다. 군대는 세상과 철저히 단절된 공간이었고 외출이나 외박은 누구에게나 손꼽아 기다려지는 시간이었다.

어느 날 어렵게 외출 기회가 생겼다. 어디로 갈지 한참을 고민하다가 문득 서울에 사는 고종사촌 집이 떠올랐다. 얼굴 한 번 본 적 없는 사이였지만 달리 갈 곳이 없어 주소 하나만 들고 무작정 길을 나섰다. 의령에 사는 고모님의 둘째 아들 집이었다.

연로하신 고모님은 장남과 함께 의령에 살고 계셨다. 큰형님은 딸 여섯을 둔 뒤 늦게 아들 하나를 얻어 자식이 모두 일곱이었다. 둘째 형님은 일찍부터 서울에서 살았기에 나와는 서로 얼굴조차 모르는 사이였다.

주소를 따라 도착한 곳은 기와지붕의 단독주택이었다. 형님은 출근 중이었고 집에는 형수님과 초등학교 고학년쯤 되어 보이는 아들 둘이 있었다. 서울말을 쓰는 형수님은 낯선 군인을 반갑게 맞아 주셨다. 지금 생각해 보면 일면식도 없는 집을 찾아간 내 행동이 스스로도 선뜻 이해되지 않는다. 아마도 폐쇄적인 군 생활 속에서 사람의 온기가 몹시 그리웠던 탓인 듯하다. 타향살이에서는 고향 까마귀조차 그립다고 하지 않던가.

방에 있던 아들 둘은 나를 멀뚱히 바라보고만 있었고 형수님도 그들에게 인사를 시키지 않으셨다. 대신 나를 다른 방으로 안내하며 어린 여자아이 하나를 소개해 주셨다. 그 아이는 무척 쓸쓸한 표정으로 앉아 있었다.

"시골 큰형님 댁에서 이번에 데리고 온 아이예요."

그 아이의 이름은 현미였다. 의령에 사는 큰형님의 딸 여섯 중 셋째로 서울에 사는 삼촌 집에 양녀로 오게 된 아이였다. 큰형님은 가난한 살림에 딸이 여섯이나 있었지만 대를 이을 아들을 원해 일곱째로 어렵게 아들을 얻었다. 자식이 많아 뒷바라지가 버거운 상황에서 아들만 둘이 있던 동생이 딸 하나를 데려다 기르겠다고 하자 서울로 보낸 것이었다.

현미는 나를 유난히 반기는 눈치였다. 내가 예전에 고모 님 댁에 드나들 때 얼굴을 익혔던 모양이었다. 서울로 전 학 온 지 얼마 되지 않은 그 아이의 얼굴에는 외로움과 슬 픔이 진하게 묻어 있었다. 몇 살 위인 사촌들은 부모의 사 랑을 빼앗긴다는 마음 때문인지 현미에게 살갑게 대하지 않았다. 그런 모습이 몹시 안쓰럽고 처량하게 느껴졌다.

"현미야, 집에 가고 싶어서 많이 울었지?"

현미는 수줍어하며 고개를 끄덕였다.

"울지 마, 조금 있으면 겨울방학이잖아. 그때는 엄마도 볼 수 있을 거야."

초등학교 3학년 어린 나이에 부모와 떨어져 지내야 하 는 아이의 마음을 생각하니 가슴이 저릿해졌다.

나는 수첩 속에서 오백 원짜리 지폐 한 장을 꺼내 조심 스레 건넸다.

"이거 필요할 때 써."

현미는 고개를 숙인 채 말없이 돈을 받아들었다. 부모와 떨어진 아이의 마음에 상처가 오래 남지 않기를 바라는 마음이었다.

"서울로 전학 온다고 했을 땐 처음엔 좋았지?"

현미는 말없이 또 고개만 끄덕였다.

"그래, 조금만 참아. 여기서 잘 적응하면 시골보다 더 좋을 수도 있을 거야."

이런저런 이야기를 나누는 사이 현미의 안색이 조금 누그러졌다. 현미는 고향 이야기를 하나둘 꺼내놓았고 그 말에는 집으로 돌아가고 싶은 그리움이 가득 담겨 있었다.

어느덧 귀대 시간이 다가와 자리에서 일어섰다.

"형수님 안녕히 계십시오. 현미야 잘 지내고 공부 열심히 해."

현미는 눈물이 고인 눈으로 고개를 돌렸다.

나는 서둘러 버스에 올랐다. 내가 근무하던 부대는 김포공항 반대편 끝자락 레이더 기지가 있는 과해동 쪽에 있었다. 버스는 김포평야 들판의 먼지 날리는 비포장도로를 달렸다. 창밖으로는 노랗게 익은 벼 이삭이 출렁이고 서서히 땅거미가 내려앉고 있었다.

흔들리는 시내버스 안에서 현미의 모습이 머리에서 좀처럼 떠나지 않았다.

차량 전복 사고

1982년 겨울 어느 날이었다. 김포공항에서 군 복무를 하던 시절, 흩뿌린 눈이 아스팔트 가장자리에 잔설로 남아있었다. 통신병이던 나에게 상사 계급의 인사계가 구급차운전을 지시했다. 개인적인 용무로 시내에 다녀오자는 것이었다. 평소 브레이크가 제대로 듣지 않던 차량이었고 운전 경험도 많지 않아 마음 한편이 불안했다.

김포공항 남서쪽 끝자락에 왼쪽으로 급하게 꺾이는 커브가 있었는데, 그곳에서 브레이크를 밟는 순간 눈길 때문이었는지 차가 비틀거렸다.

"어, 어!"

조수석에 앉아 있던 인사계가 당황했고 그 소리에 나 역시 놀랐다. 도로 밖으로 굴러떨어지지 않겠다는 생각에 반사적으로 핸들을 왼쪽으로 과도하게 꺾었다. 차량은 한 바퀴를 돌며 미끄러졌고 오른쪽 바퀴가 반대편 길가에 놓인 견치돌에 받히면서 2미터 남짓한 안쪽 낭떠러지로 굴러떨어졌다.

멀리서 사고를 목격한 전투경찰들이 달려와 차량을 세운 뒤 완만한 경사로를 따라 도로 위로 밀어 올렸다. 천으로 덮인 군용차의 프레임은 찌그러졌고 보닛도 크게 손상돼 있었다.

시동이 걸리자 인사계는 차량을 한적한 곳으로 숨기라고 했다. 그날은 전투 장비 지휘검열이 있는 날로 부사단장이 부대를 방문할 예정이었다. 사고가 알려지면 나는 영창을 피할 수 없었고 인사계 역시 문책을 면하기 어려운 상황이었다. 그는 자신의 승진에 불이익이 갈까 봐 몹시 예민해져 있었다.

차량을 대피시킨 뒤 인사계는 앞 범퍼에 적힌 차량번호를 지우라고 했다. 돌멩이로 페인트를 긁어내자 그 아래에서 다시 숫자가 드러났다. 아무리 지워도 이전 번호가 계속 나타났는데 해마다 전투 장비 지휘검열 때마다 차량을 다시 도색하고 구멍이 뚫린 숫자판 위에 스프레이로 번호를 찍어 왔기 때문이었다.

사고는 상부에 보고되지 않았고 외부 정비소에서 조용히 수리했다. 수리가 끝난 뒤 중대장과 인사계는 나에게 휴가를 보내 주었다. 사고를 냈는데 영창이 아니라 휴가를 보내는 의미가 모호했다. 나는 귀대할 때 눈치껏 수리비의 절반을 전달했다. 인사계는 평소 만삭의 임산부처럼 배가 불룩 나와 있었고 팔은 내 다리보다도 굵었으며 숨소리가 거칠 정도로 체구가 컸다. 구급차 조수석 오른쪽에는 각이 진 군용 무전기가 있었는데 차량이 구르는 순간 그의 오른쪽 팔뚝이 그 모서리에 눌려 손가락만 한 크기로 움푹 들어갔다. 그 후 그는 한동안 팔을 제대로 쓰지 못하고 보조대를 차고 지내야 했다.

그 사고의 트라우마는 오랫동안 나를 괴롭혔다. 눈을 감으면 차가 구르던 장면이 자꾸 떠올라 마음이 편치 않았다. 다행히 산비탈이 아니어서 한 바퀴만 구르고 멈췄기에 나는 다친 곳이 없었다. 그러나 조금만 상황이 달랐다면 어떤 일이 벌어졌을지 지금도 아찔하다.

돌이켜보면 이 사고는 어설프게 취득한 운전면허증 탓이었는지도 모른다. 내가 대학교 1학년이던 1980년, 대학 휴교령으로 학교가 한동안 폐쇄된 적이 있었다. 그때 고3이던 동생이 진주애서 자취하던 주택 앞 넓은 공터에 자동차운전교습소가 있었다. 그곳에서 근무하던 고향 형님을 우연히 만났는데, 그가 몇 차례 무료로 가르쳐 준 연습

만으로 나는 운전면허 시험에 합격했다. 절차대로 배우지
않고 손쉽게 취득한 운전면허증의 대가는 결국 군에서 차
량전복 사고로 되돌아왔다.

2박 3일 걸린 제대

옛날 일기장을 뒤적이다가 제대할 때 겪었던 한 에피소드를 발견했다. 대학 2학년을 마치고 1982년 3월에 입대해 27개월 만인 1984년 6월에 제대했다. 남들은 제대 신고만 하면 끝났지만 나는 제대하는 데 꼬박 2박 3일이 걸렸다.

제대를 하루 앞둔 밤 사단 대기병 내무반은 유난히 소란스러웠다. 제대병들은 밤이 늦도록 떠들썩했고 다음 날 아침 기상나팔에 눈을 뜬 내 마음은 그야말로 '일각이 여삼추'였다. 오전 9시에 예정돼 있던 사단장 신고는 참모장이 대신 받았다. 제대 신고를 마친 뒤 군 통근차를 타고 부평역에서 내리며 병적기록 카드를 받아 모두 뿔뿔이 흩어졌다.

용산발 부산행 군용 열차에서 우연히 고향 친구 신경이를 만났다. 나보다 석 달 먼저 입대했지만 같은 제대 열차를 타게 된 것이다. 나는 대학에서 2년 동안 군사훈련을 받아 3개월 단축 혜택을 받은 덕분에 그와 같은 제대 열차를 타게 되었다. 입대 시기나 근무지도 달랐는데 같은 제대 열차에서 친구를 만난다는 것은 참으로 쉽지 않은 인연이었다.

달리는 열차에서 조용히 눈을 감으니 27개월간의 군 생활이 주마등처럼 스쳐 지나갔다. 김포공항 외곽과 서울 외곽 초소를 전전하며 겪었던 수많은 추억, 인자한 중대장님과 함께했던 전우들의 얼굴이 차례로 떠올랐다. 다시는 만날 수 없는 얼굴들이다.

40킬로미터 야간 행군 중 김포 들판을 걸으며 졸다가 모를 심은 논에 빠져 첨벙대던 일, 외국 대통령이 올 때면 경호작전으로 한강변 매복을 서던 일, 폐비행기 날개 위를 구르며 놀았던 일 등 기억은 끝없이 이어졌다. 서울 외곽 지역 11개 초소에 분산 배치되어 근무하던 시절에는 초소를 돌며 이발을 맡기도 했다. 군대 생활에서 가장 기억에 남는 것은 바로 앞의 에피소드에서 얘기한 차량 전복 사고였다.

제대 이튿날 부산에 있는 동생 자취방에서 하룻밤을 보내고 이른 아침 창원의 예비사령부로 제대 신고를 하러 갔다.

“인사장교 도장이 빠졌네요. 사단본부에 다시 가서 받아 오셔야 합니다.”

담당자의 말에 순간 머리가 하얘졌다. 다시 서울로 가야 한다는 생각에 눈앞이 캄캄했다.

창원에서 버스를 타고 대구로 올라가 친구를 만난 뒤 밤차로 서울로 향했다. 생전 처음 타보는 야간열차였다. 팔짱을 끼고 앉은 연인들, 큰 가방을 둘러메고 초조한 눈빛을 한 사람들…. 기차 대합실은 온통 낯선 분위기였다.

‘저 사람들은 무슨 일로 이 한밤에 야간열차를 타는 걸까?’ 그들의 사연이 문득 궁금해졌고 홀로 밤기차를 기다리는 내 마음도 마냥 쓸쓸했다.

새벽 3시 반 영등포역에 도착했지만 갈 곳이 없었다. 그시간에 여관에 들어가자니 돈이 아까웠다. 대합실은 신문지를 깔고 자는 사람들로 가득했다. 역 주변을 서성이다가 귀찮게 말을 거는 사람들을 피해 심야 다방에 들어갔지만 그곳 역시 어수선하기는 마찬가지였다.

새벽 다섯 시쯤 다방을 나와 부천 사단본부 근처를 서성이며 시간을 보내다 일과시간에 맞춰 사단본부에서 도장을 받았다. 미안하다는 말 한마디도 없었다. 식사도 제대로 하지 못한 채 곧바로 창원으로 향했다. 오후 네시쯤 창원 예비사령부에 도착해 서류를 제출하고 나는 비로소 2

박 3일 만에 군에서 해방될 수 있었다.

아버지는 젊었을 때 군대에 두 번 다녀왔다고 하셨다. 제대증을 분실한 탓이었다. 한국전쟁이 한창이던 1951년 가회면사무소가 빨치산의 공격으로 불탄 적이 있는데 그때 호적부가 소실되었고 군 행정착오까지 겹쳐 다시 군에 끌려가셨다는 것이었다.

내가 초등학교에 들어갈 즈음에는 형님이 군에서 제대한 후 어느 날 집에 형님의 전역증이 보이지 않았다. 아버지께서 크게 노하시며 그것을 찾아내라고 해서 어머니가 힘들어하셨던 적이 있었다. 본인이 제대증 분실로 그런 일을 겪으셨으니 그럴 만도 했다.

동생이 군 복무 중이던 때에도 전화 한 통으로 집안에 큰 소동이 벌어진 일이 있었다. 중대장이라 밝힌 사람이 제주도에 사는 큰누님에게 전화를 걸어 동생이 전방 GOP에서 사고를 당했다고 전해 온 것이다. 주말이라 부산에서 군부대를 통해서는 확인할 길이 없어 아버지와 나는 무작정 상경해 국군통합병원과 육군본부를 헤매다녔다. 육군본부 위병소에서 동생의 강원도 전방 근무지로 전화를 연결해 잡음 속에 묻혀 분간하기도 힘든 동생의 목소리를 듣고서야 그것이 사기 전화였음을 알았다. 그때 시골에 계시던 어머니는 청마루에서 발을 뻗고 우셨고 동네 사람들이 위로차 몰려들었다는 이야기를 나중에 들었다.

아버지에서 우리 형제들에 이르기까지, 우리 집은 군대와 그다지 좋은 인연을 맺지 못한 집안이라는 생각이 든다.

연구소에서의 젊은 날

오랜만에 임명섭 박사에게 전화를 걸었다. 우리나라에서 디지털 이동통신 서비스가 처음 시작되던 시절의 이야기를 나누다 보니 시간 가는 줄도 모르고 한참을 떠들었다.

"그땐 정말 아찔했죠. 자칫 우리가 그 사업에 완전히 독박을 쓸 뻔했잖아요."

당시 우리 팀의 책임을 맡고 있었던 그는 아직도 그때의 긴장감을 잊지 못하고 있었다. 한국전자통신연구원(ETRI)에 근무하던 시절 그는 신호처리연구실 실장이었고 나는 여러 명의 연구원을 이끌고 이동통신 음성처리기술 개발의 실무를 담당하고 있었다. 이후 그는 전북대학교 교수로 재직하다가 몇 해 전에 정년 퇴임했다.

전화를 끊고 그 시절의 다이어리를 꺼내 보았다. 날짜와 메모로 빼곡히 채워진 노트를 한 장 한 장 넘기자 젊은 날의 기억들이 물밀듯 되살아났다.

나는 1993년 ETRI에 입사해 개인통신연구실에서 근무하고 있었다. 당시 ETRI의 이동통신연구단은 국가 차원에서 미국 퀄컴사와 공동으로 디지털 이동통신 서비스를 위해 시스템을 개발하고 있었다. 우리나라에서 유선전화는 이미 세계적인 수준에 올라 있었으나 이동통신은 전혀 새로운 도전이었다. 가장 큰 차이는 목소리를 실시간으로 압축해 무선으로 보내고 수신 쪽에서는 다시 자연스러운 음성으로 복원해야 했는데, 이 역할을 담당하는 핵심 기술이 '보코더'였다.

신호처리연구실 실장이던 강상원 박사가 어느 날 나에게 새로운 제안을 했다. 보코더 개발을 맡아 달라는 것이었다. 내가 박사과정 시절 신호처리용 칩으로 시스템 개발 경험이 있다는 것을 알고 있었기 때문이다. 개발이 끝나면 해외 연수 기회도 주겠다는 말에 나는 연구실을 옮겨 새로운 도전에 나섰다. 내가 신호처리연구실로 발령을 받은 뒤 관련 세미나와 함께 본격적인 개발이 시작되었다. 하지만 몇 달 뒤 새 학기가 시작될 무렵 강 실장이 대학으로 자리를 옮기면서 문제가 발생했다.

개발 일정이 촉박한 가운데 다행히 미국 퀄컴연구소에서 삼성·LG·현대와 ETRI에서 파견된 전체 연구원들을 관리하던 임명섭 박사가 귀국해 실장을 맡게 되면서 연구는 한층 더 체계적으로 진행되었다. 임 실장은 실험실의 분위기를 잘 조율했고 나는 동료들과 함께 세부 알고리즘 구현에 매달렸다. 하지만 이 기술은 성능이 좋은 반면 알고리즘이 매우 복잡해 당시 신호처리용 칩 기술로 실시간 구현이 쉽지 않았다.

오랜 고생 끝에 개발에 성공하는 듯했지만 가끔 '틱' 소리가 섞여 나왔다. 실제 전화 통화에서는 단 한 번의 잡음도 용납되지 않는다. 수많은 데이터와 연산 속에서 틱이 발생하는 지점과 그 원인을 정확히 찾아내는 일은 쉽지 않았다.

밤늦게까지 일할 수 있도록 실장은 내가 거주하던 기숙사에도 장비를 세팅해 밤에도 연구를 이어갈 수 있도록 배려했다. 나는 주말부부로 연구소 기숙사에 머물고 있었기 때문에 밤낮이 따로 없었다.

시스템 개발 과정은 말 그대로 전쟁터였다. 여러 부서가 나뉘어 개발한 기술을 하나의 시스템으로 통합하는 과정에서 문제는 끊이지 않았다. 전체 시스템에서 오류가 발생하면 서로 다른 부서로 책임이 전가되곤 했다. 그럴 때 부장이 상황을 정확히 판단하고 방패가 되어야 하는데 오히려 총구를 거꾸로 돌릴 때는 팀원들 모두 힘들어했다.

"그때 제 머리카락이 하얗게 변했잖아요."

임 실장의 통화 속에는 당시의 긴장과 고단함이 고스란히 담겨 있었다.

1994년 11월 7일 마침내 24시간 연속 무결점 시험을 통과했다. 그 순간 팀원들의 감정은 기쁨보다는 안도감이 더 컸다. 오랜 시간 우리를 짓눌러 오던 부담에서 비로소 벗어났기 때문이다. 이 프로젝트는 우리 연구소와 여러 대기업에서 수백여 명의 연구원들이 참여하는 국가적 과제였고, 우리 팀이 맡았던 부분은 시스템의 성패를 좌우하는 핵심 기술 중 하나였다.

기술 개발이 성공적으로 끝난 이듬해 새 학기에 나는 대학으로 자리를 옮겼다. 돌이켜보면 우리나라가 정보통신 강국으로 나아가던 출발선에서 잠시나마 그 분야에서 작은 역할을 할 수 있었던 것은 개인적으로도 큰 행운이자 감사한 일이었다.

대학에서

　연구소에 근무하는 동안 아내는 딸과 아들 둘을 뒷바라지하며 부산에서 중학교 교사로 근무했고 나는 대전에서 부산을 오가며 주말부부 생활을 하고 있었다. 아내가 대전으로 학교를 옮기는 것도 자리가 잘 나지 않아 쉽지 않았다. 결혼 후부터 이런저런 일로 아내에게 부담만 주는 것 같아 늘 미안한 마음에 내가 부산으로 옮기는 방법을 계속 고민하고 있었다.

　연구소에서 내가 맡고 있던 과제를 성공적으로 수행한 뒤 마음이 한결 가벼워져 부산에 있는 대학의 문을 두드리게 되었다.

　"이제 같이 살 수 있겠네요."

　경성대학교 교수로 부임이 확정되었을 때 아내의 그 짧은 한마디에 그동안의 미안함과 고마움이 한꺼번에 밀려왔다. 나는 그해 운 좋게 부산의 두 개 대학, 모 대학교와 경성대학교에서 동시에 초빙 제의를 받았다.

대학에 첫 출근을 했을 때 나의 명찰이 붙어 있는 열 평 남짓한 연구실에는 책상과 집기들이 갖춰져 있었고 대학원생과 함께 연구할 수 있는 스무 평 규모의 실험실 공간도 별도로 주어졌다. 누구의 간섭도 받지 않고 하고 싶은 연구와 제자들을 양성할 수 있다는 생각에 감사한 마음과 함께 새로운 각오를 다졌다.

학과의 선임 교수들이 화기애애한 분위기 속에서 합리적인 사고로 학생 교육과 학과 발전에 헌신하고 있어서 무척 좋았다. 가장 연장자가 나보다 세 살 위로, 모두 비슷한 연배였다.

대학에서 교수로 생활하면서 있었던 많은 기억이 뇌리를 스친다. 전기공학과에 부임하여 전기·전자공학과 등 여러 이름을 거쳐 2011년에 전자공학과를 분리하면서 학과 선임 교수가 되었다. 그 후 재직 기간의 절반에 가까운 세월 동안 학과의 선임으로 지냈다.

그동안 나의 실험실에서 함께 연구했던 제자들의 얼굴이 떠오른다. 그들이 직장에서 훌륭히 역할을 다하며 성장하는 모습은 나에게 커다란 보람이었고 그들에게 늘 고마운 마음을 갖고 있다.

대학에 근무하면서 기억에 남는 것 중 하나는 부산지역 반도체 설계 교육센터 운영위원 활동이다. 대학에 부임하고 2년 후인 1997년 부산대학교 박주성 교수가 센터장으로 이 사업을 유치하면서 나는 첫 출발부터 현재까지 30여 년간 운영위원으로 활동을 이어오고 있다. 부산의 각 대학에서 한 명씩 교수가 참여하며 수많은 반도체 설계 인력을 양성해 왔다. 전국에서 다섯 개의 센터 중 하나로 출발했는데 부산지역 센터가 가장 성공적인 사례로 알려져 있다. 이 과정에서 여러 대학의 교수들과 좋은 인연을 맺게 된 것도 참 감사한 일이다.

시간이 흐르며 지방 사립대학이 겪는 여러 현실적인 어려움 속에서 학교 분위기가 예전과 달라진 점은 아쉬움으로 남는다. 학령인구의 급격한 감소와 함께 대학 입학 자원이 줄어들면서 여러 지방대학에서 다양한 문제점들이 발생하고 있다. 내가 근무하는 대학이 아직 그러한 문제에 직접적으로 봉착하지 않은 것은 큰 다행이다.

3부

가족이라는 이름

무서웠던 아버지

어린 시절 기억을 떠올리면 우선 생각나는 것은 '무서운 아버지'이다.

아버지는 키가 크고 골격이 단단했으며 이목구비가 뚜렷해 표정만으로도 카리스마가 느껴질 만큼 잘생기신 분이었다. 당신이 눈을 크게 부릅뜨기만 해도 아이들뿐 아니라 동네 어른들까지 위압감을 느끼곤 했다.

아버지는 힘도 장사였다.

"영암사 폐사지에 본당을 세울 때 가회중학교 교사로 쓰이던 한옥을 옮겨 지었는데 그 대들보를 질 사람이 없어서 내가 지고 옮겼다."

아버지가 생전에 하신 말씀이다. 그 한옥은 개교 초기 천석꾼의 집을 빌려 교사로 사용하던 것을 새로 지으면서 헐어낸 것이었다.

"비슷한 또래끼리 목침 빼앗기를 하면 우리 면에서 나를 이길 사람은 없을 거야."

그 시절 어른들은 팔씨름하듯 손아귀 힘으로 양쪽에서

목침을 뺏는 놀이를 즐기곤 했다.

아버지는 자식들에게는 호랑이보다 무서운 존재였고 어머니께도 매우 엄하셨다.

그 시대 어른들이 대체로 가부장적이긴 했지만 아버지는 유난히 정도가 심한 편이었다. 그만큼 어머니의 고생도 컸다. 아버지는 자신이 정해놓은 틀에서 자식들이 조금이라도 벗어나는 것을 용납하지 않으셨다. 두 살 터울의 여덟 남매가 함께 자라다 보면 싸우거나 울기 마련인데 그런 사소한 일조차 허락되지 않았다. 누군가 토라져 울다가도 외출에서 돌아오시는 아버지의 인기척만 들리면 아무 일도 없었다는 듯 자리를 지키며 태연한 척 연기했다.

외출하실 때 원하는 손수건을 찾지 못하고 다른 것을 드리면 끝까지 찾아내라고 하셨고 어머니가 설거지하다 접시 하나만 깨뜨려도 날벼락이 떨어졌다. 본인이 아무리 밤 늦게 귀가하셔도 어머니가 잠들어 있어서는 안 됐다. 돌이켜보면 이기적이고 배려가 부족했지만 막내로 태어나 어린 나이에 어머니를 여읜 삶의 이력이 영향을 주었을지도 모르겠다는 생각이 든다. 우리 여덟 남매는 가난한 살림 속에서 모든 짐을 떠맡아야 했던 어머니를 늘 안타깝게 생각했고, 마음 한켠에 아버지에 대한 원망이 자리하고 있었다.

내 정수리 오른쪽 모서리에는 지금도 커다란 흉터가 있다. 초등학교 입학 훨씬 전 시냇물에 멱 감으러 갔다가 바위에서 미끄러져 생긴 상처다. 우리 마을 시냇가에는 황매산 근처에서부터 이어지는 화강암 바위가 굽이굽이 펼쳐져 있었다. 소에서는 멱을 감았고 얕은 물이 흐르는 매끈한 바위에서는 미끄럼을 타며 놀았다.

어느 여름날 넷째 누나를 따라 멱 감으러 갔다가 바위에 낀 이끼에 미끄러져 머리 오른쪽 가장자리를 심하게 다쳤다. 피가 멈추지 않는 상황에서도 상처보다 아버지의 꾸중이 더 걱정이었다. 누나는 옷감을 찢어 상처를 동여매며 함께 멱 감으러 갔다는 사실은 비밀로 할 것을 당부했다. 그리고 얼른 집으로 돌아와 빨래터에서 알리바이를 만들었다. 그때 어머니가 얼마나 가슴을 졸였을지, 또 아버지로부터 어떤 고초를 겪었을지 떠올리면 지금도 마음이 아프다.

초등학교 시절이던 1970년대 초반에는 마을마다 애향단을 조직해 마을 청소나 꽃동산 가꾸기를 했다. 학생들은 애향단 깃발을 앞세워 줄지어 등교했고 학교에서는 제식 훈련을 시켜 마을별 경연 대회를 열었다. 밤이면 선배들이

후배들을 공터에 모아 달빛 아래에서 연습을 시켰고 어른들은 그 모습을 지켜보곤 했다.

"앞으로 가! 좌향 앞으로 가! 우향 앞으로 가!"

나보다 한 학년 아래인 남동생이 '좌우'를 헷갈려 몇 차례 실수하자 이를 지켜보던 아버지가 대열에서 동생을 끌어내 혼을 내셨던 기억이 아직도 잊히지 않는다.

새마을운동이 한창이던 그 시절 우리 마을에서 약 2킬로쯤 떨어진 두심이라는 곳에서 동네 뒤 당산까지 자동차가 다닐 수 있는 도로를 개설했다. 이른 아침부터 동네 어른들이 괭이와 삽으로 흙과 돌을 파 리어카로 실어 나르며 종일 일했다. 그러다 저녁이 되면 온몸이 녹초가 되어 집으로 돌아오곤 했다. 어느 날 동네 청년이 리어카를 끌고 내리막길을 달리는데 거기에 매달렸던 동생이 발을 크게 다쳤다. 동생은 아버지에게 또 한 번 크게 혼났다.

그 발이 채 낫기도 전에 동생은 이웃집 마당에서 아이들과 리어카를 타고 놀다가 리어카 바큇살에 발등을 다쳤다. 이는 가족 모두에게 청천벽력 같은 일이었다. 아들이 다쳤으면 다독이고 보살펴 주시면 좋으련만, 아버지의 자식에 대한 안타까움은 늘 엉뚱한 방식으로 표현되곤 했다.

우리 여덟 남매에게 그런 아버지는 늘 무섭기만 한 존재였다.

어머니

　어느 날 친구 J에게서 전화가 왔다. 신경숙의 소설 『엄마를 부탁해』를 읽고 감동했다며 책을 사서 보냈으니 읽어보라고 했다. 며칠 뒤 소포로 배달된 책을 받아 들고 친구의 마음을 떠올리며 책을 펼쳤다. 우리 시대에 힘겹게 살아온 어머니의 모습이 절절하게 그려져 있었다. 비슷한 환경에서 자란 나에게 이 책은 가슴 깊이 와닿아 읽는 내내 안타까운 마음을 떨칠 수 없었다.

　이야기는 시골에 사는 아버지가 생일잔치를 위해 엄마와 함께 서울의 아들 집으로 향하는 길에서 시작되었다. 지하철 문이 닫히는 순간 몸이 불편한 아내를 제대로 살피지 못한 채 아버지 혼자 열차에 타고 엄마는 그곳에 홀로 남겨졌다. 길을 잃은 엄마는 치매 초기 증세로 점점 희미해지는 기억을 더듬으며 자식을 찾아 헤매게 되었다.

　작가는 2인칭 시점으로 이야기를 이끌어갔다. 주인공인 큰딸을 '너'로 부르고, 잃어버린 엄마를 찾기 위해 백방으로 뛰어다니는 큰아들 형철을 '그'로 지칭하며 인물들의 마음을 섬세하게 그려냈다.

"낳아주시고 길러주셔서 고맙습니다."

어버이날 네 자식 누구로부터도 연락이 없었지만 엄마는 자식이 욕을 먹을까 읍내 문구점에서 카네이션과 리본을 사서 스스로 가슴에 달았다. 그 장면을 보며 '부모의 은혜는 하늘보다 높고 바다보다 깊다'라는 말을 실감할 수 있었다.

스스로 글을 모른다는 사실이 자식에게 누가 될까 봐 "눈이 보이지 않는다"고 둘러대며 소설가인 딸의 책을 이웃에게 대신 읽어 달라 부탁하는 대목에서는 코끝이 시큰했다.

늘 제멋대로 집을 나갔다가 마음이 내키면 돌아오던 아버지는 아내가 집을 떠날 수 있다는 생각을 단 한 번도 하지 못했다. 그 아버지가 엄마를 잃고 나서야 참회의 시간을 맞는 장면에서 내 어린 시절의 부모님 모습이 겹쳐 보였다. 우리 아버지도 모든 일을 당신 마음대로 하셨고 어머니는 엄한 남편 곁에서 여덟 남매를 키우며 한평생을 바치다가 일흔셋이라는 이른 나이에 세상을 떠나셨다. 그 사실을 떠올리면 지금도 가슴이 저리다.

책을 읽는 내내 어머니의 모습이 떠올랐다.

고등학교 시절 내가 동생과 진주에서 자취할 때 어머니는 우리 뒷바라지를 위해 시골에서 그곳으로 오셨다. 그때 반찬값이라도 벌겠다며 매일 십 리가 넘는 길을 시내버스도 한 번 타지 않고 걸어서 폐지 분류 작업장에 다니셨다. 어느 겨울날 작업장 얼음판에 미끄러져 팔을 다치셨을 때도 하루도 쉬지 않고 일을 나가셨다. 팔을 머리 위로 올리지 못해 매일 아침 내가 어머니의 긴 머리를 빗어 올리고 비녀를 꽂아 드렸던 기억이 아직도 눈에 선하다.

나의 어머니도 이 책의 엄마처럼 학교 문턱을 밟지 못하셨다. 하지만 늘 남을 먼저 배려하고 베풀며 사셨던 분이다.

"세상에 공짜는 없다. 남에게 덕을 쌓으면 언젠가 보이지 않는 길로 되돌아오는 법이다."

어머니의 이 말씀이 지금도 내 삶의 지침이 되고 있다. 나는 지금도 무슨 행동을 하려 할 때면 그때 어머니의 말씀을 떠올린다.

어머니는 나를 무척 사랑하고 든든하게 여기셨다. 몸이 아프다고 할 때 내가 주무르면 금세 나아지셨다. 그러면서 나를 '반(半)의사'라고 부르셨다. 내가 무엇을 알겠냐마는 아들의 손길에서 위안을 얻으셨던 것 같다.

어머니와 얽힌 한 에피소드가 생각난다. 박사과정에 있을 때 교수님이 저녁을 같이 먹자고 하셔서 집으로 전화를 했다. 학교에 출근한 아내는 퇴근 전이었고 대학생이었던 처제가 우리 집에 왔다가 전화를 받았다.

"여보세요." 처제가 전화를 받았다.

"아 처제가 왔구나. 교수님이 나한테 밥 사주신다고 하네."

"그러면 식사하고 오시겠네요."

"응."

그때 처제가 어머니께 전하기를 "교수님께서 '밥사준다고' 해서 식사를 하고 온답니다"라고 전했다. 그러자 어머니의 얼굴이 갑자기 굳어지면서 침묵이 흘렀다고 한다. 알고 보니 교수님이 나에게 '밥을 사준다'는 말을 '교수님이 나에게 박사학위를 준다'는 뜻으로 잘못 들으신 것이었다. 온갖 고생을 다 하며 자식 뒷바라지를 했는데 그런 중요한 이야기를 당신께 먼저 하지 않은 것에 섭섭함이 크셨던 것이었다.

학창 시절 배웠던 풍수지탄이 생각난다. 부모님을 떠나보내고서야 그 말의 뜻을 뼈아프게 깨닫게 되는 것이 인간인가 싶다. 1925년생이신 어머니는 해방되던 해에 첫아들을 낳으신 뒤 다섯 딸과 나, 그리고 막내 남동생까지 여덟 자녀를 두셨다. 손자와 증손자까지 합하면 족히 백 명이 훌쩍 넘는다. 엄한 남편을 만나서 하고 싶은 것 못하고 여덟 자식과 손주들까지 돌보며 한평생을 바치셨다. 내가 대학에 부임하고 자리를 잡아 가려던 때에 너무도 이른 연세에 내 곁을 훌쩍 떠나버린 어머니가 서럽도록 보고 싶다.

인연

대학 4학년 어느 여름, 도서관 현관에서 만난 동아리 후배 여학생에게 여자친구를 소개해 달라는 말을 농담 삼아 건넸다. 며칠 후 그녀는 정말로 아는 언니를 소개해 주겠다고 했다. 부담스러워 단체 미팅으로 하자고 했는데도 그 언니를 꼭 나에게 소개해야 한다고 했다.

기말고사를 마치고 6월 23일 그녀와 첫 만남이 있었고 바로 다음 날 나는 고향으로 내려갔다. 모내기를 돕기 위해서였다. 그 무렵 시골에서 한 해 중 가장 바쁜 시기는 모내기 철이었다. 기계가 없던 시절이라 계단식 논에 못줄을 대고 사람 손으로 한 포기 한 포기를 심어야 했다. 나는 모를 쪄서 지게로 나르고 모를 심기도 했다. 그렇게 일주일가량 모내기를 거들고 6월 마지막 날 저녁 무렵 부산으로 돌아왔다.

곧바로 그녀가 기숙하던 수녀원의 사감실로 전화를 해서 바꿔 달라고 부탁했다. 한참 후에 목소리가 들려왔는데 어딘가 서운함이 묻어났다. 미팅 후 애프터 신청을 못

받은 적이 없었는데 소개를 받은 지 일주일이 넘도록 전화 한 통 없어 자존심이 상해 있었다. 그달 마지막 날까지만 기다렸다가 마음을 정리하기로 작정하고 있었다. 그런데 턱걸이로 그날 밤에 내가 전화를 했던 것이었다. 하루만 늦었더라도 우리는 다시 만나지 못했을지도 모른다. 시골 마을에는 전화가 없었기에 사실상 연락할 방법이 없었다.

그날 이후 우리는 서로를 알아가기 시작했다. 나에게는 양쪽으로 묶은 그녀의 머리카락과 귀 뒤로 이어지는 선이 유난히 예쁘게 보였다. 하지만 힘든 점도 있었다. 대학 4학년으로 장래를 위한 여러 선택지를 고민하며 공부에 집중하고 싶었는데 사범대학에 다니던 그녀는 자주 놀자고 했다. 그것이 내게는 적지 않은 부담이었다. 사귀려면 시간을 내고 데이트도 해야 하는데 내 마음에는 여유가 없었다. 때로는 다투기도 했고 헤어졌다가 다시 만나기도 했다.

더운 여름날 그녀가 커피숍에 가자고 하면 나는 답답하다며 그냥 길을 걷자고 했다. 사실상 커피 한 잔 값이면 자취생으로 며칠은 버틸 수 있었기에 그 돈이 아까웠기 때문이다.

졸업을 앞두고 앨범 구입 문제로 고민이 있었다. 같은 대학에서 동시에 졸업하는데 앨범을 하나만 살 것인지 아니면 각자 살 것인지를 두고 망설였다. 그때 하나만 사기로 결정한 것은 서로 결혼을 염두에 두고 있다는 뜻도 담겨 있었다.

졸업 후 나는 대학원에 진학했고 그녀는 교사 발령을 기다리며 공무원 시험을 쳤다. 이후 한산도에 있는 한산중학교 서무과에 발령을 받았다. 집이 마산인 그녀는 주말이면 부산으로 와 나를 만나고 밤늦게 시외버스를 타고 돌아가곤 했다.

내가 석사 1년을 마칠 즈음 MBC문화방송국에 취업했다. 그리고 아내의 집에 인사를 드리러 갔다. 서먹서먹했지만 나는 처부모님께 따님과 결혼을 하고 싶다고 말씀드렸다. 나로서는 큰 용기였다. 두 분은 쉰 살을 갓 넘긴 젊은 나이여서 다소 당황하시는 기색이 역력했다.

양가 부모가 한 번 만나야 하지 않겠느냐는 말씀이 나왔고 마산에서 상견례가 이루어졌다. 나는 단순한 인사 자리로 생각했는데 이야기는 급물살을 탔다. 결혼식 날짜를 신랑 쪽에서 잡을 것인지 신부 쪽에서 잡을지까지 논의가 이어지더니 결국 날짜를 정하게 되었다. 그때 내가 결혼을 허락받을 수 있었던 데에는 방송국 취업이 크게 작용했을 것이다. 하지만 결혼 후 두 달 만에 나는 방송국을 그만두었다. 공부를 계속하고 싶었기 때문으로 처가에는 미안한 일이 되었다. 이내 아내가 교사로 발령을 받으면서 생활비 걱정은 하지 않아도 되었다.

결혼식이 끝나고, 중학생이었던 조카 둘과 부모님을 모시고 신혼살림을 꾸려야 했다. 따로 셋방을 얻는 것이 부담이었고 생활비 문제도 있어 아버지가 내리신 결정이었다. 그 과정에서 아내가 많은 고생을 했다. 참 고맙고 미안하다. 아내가 가장 아쉬워했던 것은 우리에게 신혼다운 신혼이 없었다는 점이었다.

인연이란 참으로 묘하다. 그때 고향에 모내기를 도우러 내려갔다가 하루라도 늦게 돌아왔다면 지금 나의 삶은 어떻게 달라져 있을까.

유일한 유산

"여보 이 상을 왜 버렸어?"

2006년 새 아파트로 한창 입주하던 어느 날 아파트 1층 폐기물 더미에서 버려진 교자상 하나를 발견하고 집으로 들고 와 아내에게 한 말이다.

"우리가 버린 게 아니에요."

아내는 고개를 저었다.

"이건 우리가 부모님께서 받은 유일한 유산이잖아."

"교자상이 아니라 호마이카 판이잖아요. 그건 여기 있어요."

아내는 집 안에 있던 자그마한 호마이카 접이식 밥상을 가리켰다.

그 순간 오래 묻어 두었던 기억들이 한꺼번에 밀려왔다.

결혼 후 우리는 부모님과 두 명의 조카와 함께 살았다. 집을 따로 마련할 형편이 되지 않아 모두 한 지붕 아래 모여 사는 대가족이었다. 아내는 스물셋의 어린 나이에 시집와서 대학원에 다니느라 늘 집을 비우는 남편 대신 시부모와 조카들을 마주해야 했다. 지금 생각하면 그 시간은 아내에게 지나치게 가혹했다.

아버지는 유난히 가부장적이었고 어머니는 몹시 부지런한 분이었다. 어머니는 양말 한 짝만 보아도 그냥 두지 못하고 바로 손빨래를 하시던 분으로, 이 또한 아내에게는 부담이었다. 나는 주말에도 학교로 도망치듯 나갔다.

아버지가 뇌졸중으로 쓰러져 몸의 반쪽이 불편해지신 뒤 가족들 모두 삶의 무게가 더해졌다. 아버지의 짜증이 어머니를 더 힘들게 했고, 나는 축 늘어진 아버지를 업고 택시로 멀리 대신동까지 침을 맞으러 다녔다.

주말이면 목욕탕에 업고 가서 목욕을 시켜드리기도 했다. 몸을 씻겨드리는 일은 괜찮았는데 까칠한 수염의 아버지 얼굴을 씻길 때는 힘들었다. 평소 아버지에 대해 마음이 불편한 상태에서 손으로 얼굴을 씻길 때 그 촉감은 묘한 느낌이었다.

대학원 공부와 집안일을 병행하면서 좌골신경통을 심하게 앓았다. 학교로 향하는 길에서 신호등의 파란불이 꺼지기 전에 건너가기 힘들 정도여서 이웃으로 분가해서 부모님을 돌보기로 했다. 그때 나는 은행에서 전세대출을 받아 작은 방을 얻었다.

이사를 마친 날 어머니는 작은 호마이카 접이식 밥상 하나를 들고 오셨다. 그리고 눈물을 흘리셨다.

"내가 해줄 수 있는 게 이것밖에 없구나…"

그 호마이카 판이 우리가 받은 유일한 유산이었다.

그 후 우리는 조금씩 삶을 일구어 갔다. 작은 집에서 시작해 대출을 안고 아파트를 사고 하나씩 살림을 채워 나갔다. 식탁도 소파도 침대도 한 번에 갖추지 못했다. 하지만 하나를 들일 때마다 행복했고 그 기쁨이 차곡차곡 쌓여 오늘에 이르렀다.

형제가 여덟이나 되는 집안에서 유산이란 애초에 기대할 수 없었다. 그래서 나는 아내에게 늘 말했다. 조그마한 유산을 받는 것보다 우리 힘으로 살아가는 것이 더 떳떳하다고. 다행히 아내는 물질에 큰 욕심이 없는 사람이어서 고마웠다. 어머니는 1997년에, 아버지는 그로부터 2년 뒤에 세상을 떠나셨다.

지금도 우리 집에는 그 호마이카 판이 있다. 밥상으로 쓰이지는 않지만 버릴 수는 없다. 그것은 어머니가 나에게 남겨주신 마음이기 때문이다. 아무 권한도 여력도 없었던 어머니가 할 수 있었던 최선의 사랑이었다.

세월이 흐를수록 그 호마이카 판이 점점 더 소중하게 느껴진다. 그 안에는 어머니의 사랑과 아내의 인내와 헌신 그리고 내가 걸어온 삶의 시간이 고스란히 담겨 있다.

형님을 생각하며

2014년 가을에 형님의 칠순이 있었다. 관광버스로 동네 주민들을 모시고 남해 창선대교 아래 횟집을 전세 내어 잔치를 열었다. 나는 가족을 대표하여 형님과 형수님께 편지를 써서 행사장에서 낭독했다.

이 책의 원고를 정리하면서 그때의 편지를 싣고 싶었으나 파일을 찾지 못하고 있었다. 출판사에 마지막으로 원고를 넘기기로 한 날, 마침내 옛날 노트북에서 파일을 찾아 그때의 기억을 떠올려 본다.

"오늘 건강한 모습으로 칠순을 맞으신 형님께 진심으로 축하드립니다. 아울러 형님과 함께 우리 가정을 잘 이끌어 주신 형수님께도 깊은 감사를 드립니다.

우리 팔 남매가 황매산 골짜기에서 같은 부모의 아들딸이라는 인연으로 만나 올망졸망 함께 자라던 때가 생각납니다. 엄한 아버지 때문에 고생하시는 어머니를 안타까워하며 우리는 늘 한마음이었습니다. 형수님은 제가 초등학교 4학년 때 시집오셔서 우리와 같은 배를 타고 형님과 함께 우리 가정을 잘 이끌어 주셨습니다.

"너희 아버지 없이 몇 년만 살아 봤으면 좋겠다"라시던 어머니가 일흔넷에 세상을 하직하셨을 때 그 슬픔은 말로 표현하기 힘들었습니다. 어머니 산소를 그토록 자주 찾던 아버지를 보고 서툰 사랑이 상대를 얼마나 힘들게 하는지도 깨달았습니다. 두 해 뒤에는 아버지도 영원히 돌아오지 못할 곳으로 떠나셨지요.

부모님이 돌아가신 지도 어느덧 십수 년이 지났군요. '가지 많은 나무에 바람 잘 날 없다'라는 말이 있지만 우리 팔 남매가 지금까지 깊은 우애로 살아올 수 있었던 데에는 맏이인 형님과 형수님의 넓은 마음이 있었기 때문이라 생각합니다.

자식은 부모의 거울이라고 했습니다. 형님·형수님은 세상의 이치를 생각하며 늘 대의를 추구해 오셨습니다. 이를 본받아 형님의 아들딸도 모범적으로 살아가고 있고 손자 손녀들도 잘 자라고 있으니 두 분은 참 복이 많으십니다.

자연에서 와서 자연으로 돌아가는 인간의 한평생이 일 장춘몽이라 했던가요. 한바탕 봄 꿈이 악몽일지 무릉도원 같은 꿈일지는 평소의 마음가짐에서 비롯되는 것 같습니다. 앞으로도 우리 팔 남매가 아름다운 꿈을 꾸며 동행할 수 있도록 형님 형수님께서 지금처럼 훌륭한 선장 역할을 해주시기를 부탁드립니다. 저희는 뒤에서 힘껏 밀겠습니다.

'돈을 잃는 것은 작은 일이지만 건강을 잃는 것은 전부'라고 했습니다. 이제 자식들도 장성하여 제 몫의 삶을 잘 살아가고 있으니 힘든 일은 하지 마시고 건강 잘 지키며 즐겁게 사는 것만 생각하십시오. 그리하여 오래오래 저희 곁에서 행복을 누리시길 바랍니다.

오늘 이 자리에 우리 팔 남매가 모두 모였습니다. 그동안 늘 따뜻한 사랑을 나누어 주신 다섯 분 누님과 자형, 농생 부부 그리고 사랑하는 나의 아내에게도 이 자리를 빌려 감사의 말씀을 전하고 싶습니다.

나이가 들수록 가족의 소중함을 느낍니다. 우리 모두 오래오래 건강하고 더욱더 애틋한 마음을 주고받으며 함께 할 수 있기를 바랍니다."

창선도에서 동네 어른들께 음식을 접대하고 돌아오는 길에 사천 항공박물관을 관람했다. 집으로 돌아오는 관광차 안에서 동네 어른들이 풍악과 함께 춤을 추고 놀자 형님은 더없이 행복해하셨다.

하지만 그해 11월, 마른하늘에 날벼락처럼 형님은 갑작스러운 죽음을 맞이하셨다. 오랫동안 몸살 기운으로 식사를 제대로 하지 못한다는 형수님의 연락에 조카들이 부산의 한 병원에 입원시켰다. 입원 후 나흘 만에 산소 포화도가 급격히 떨어지면서 형님은'AIP 급성호흡곤란증후군'이라는 희귀병 진단을 받았다. 폐 섬유화가 진행되는 병으로 별다른 치료 약이 없다고 했다. 기관지 삽관을 한 뒤에는 의사소통이 불가능했고, 고통을 줄이기 위해 병원에서는 수면제를 투여했다.

형님은 입원한 지 열흘 만에 돌아가셨다. 아버지보다 더 믿고 의지하던 형님이 갑작스럽게 세상을 떠나시자 허탈감과 함께 인생무상이라는 말이 뼛속 깊이 느껴졌다. 부모님과 또 다른 슬픔이었다. 형제자매 가운데 처음 맞는 죽음이어서였는지는 모르겠다. 그 후 나는 죽음을 대하는 마음가짐이 달라졌다. 영원히 나와는 상관없는 일이라고 막연히 생각했던 죽음이 현실로 다가온 느낌이었다.

지금 나는 그때의 형님보다 네 살 적은 나이다. 백세 시대라지만 건강하지 않은 삶에서는 행복을 느끼기 어렵다. 직장에서 정년을 맞으며 문득 앞으로의 삶을 어떻게 가꾸어야 할지가 숙제처럼 다가온다.

추석 명절 풍경

　명절이 예전 같지 않다. 예전에는 설이나 추석이면 고향을 찾는 사람들로 동네가 시끌벅적했는데 어느 순간부터 그 분위기가 많이 변하고 있다. 명절에 대한 인식도 변하고 있지만 시골에 인구가 줄고 있기 때문이기도 하다. 시골에는 젊은이가 별로 없고 노인들도 한 해가 다르게 줄어들고 있다. 그분들이 돌아가시고 나면 고향이 어떻게 될지 궁금하고 걱정스럽다.

　우리 집은 부모님이 돌아가신 지 15년이 넘었고 고향을 지키던 형님마저 2년 전 갑자기 돌아가셔 형수님만 시골에 살고 계신다. 명절이면 우리 가족은 동생네와 조카들 가족이 모두 모여 명절 분위기를 물씬 느낄 수 있다.

　추석 전날 아내와 딸 그리고 아들이 함께 고향길을 나섰다. 차 안에서 대학생인 아들놈이 깔깔거리고 큰딸이 분위기를 맞추며 즐거워해 차 안은 내내 웃음이 끊이지 않았다.

고향 마을에 들어서니 귀성객 차가 예전만큼 많지 않아 썰렁한 감이 없지 않았다. 하지만 마을 가운데를 뚫고 지나는 길가에 옛 모습을 그대로 간직한 돌담들이 마음에 위안이 되었다.

우리 형제들이 함께 지은 고향의 세컨하우스에는 벌써 조카들과 동생네 가족이 와 있었다. 황매산과 모산재가 정원처럼 둘러싸고 있어 경치가 좋은 곳이다.

해거름녘이 되자 질부들이 소갈비를 굽고 장조카는 집 앞 잔디밭에 테이블을 설치하며 와인 파티 준비를 했다.

"우리 가족의 건강을 위하여~!"

와인으로 건배가 몇 순배 돌았다. 블루투스 스피커에서는 잔잔한 음악이 흘러나왔고 정담 어린 이야기로 분위기가 무르익었다.

낮에는 더워도 해가 진 산골은 시원하고 상쾌했다. 와인 몇 병이 동이 나자 칭다오 맥주가 끝없이 제공되었다. 한국과 중국을 오가며 사업을 하는 둘째 조카가 중국에서 가져온 것이었다. 그는 상하이에 지사를 두고 있어 중국에 체류하는 시간이 많다. 평소 얼굴이 까무잡잡해 중국 사람들이 현지인으로 착각하고 길을 묻기도 한다고 해서 웃음을 자아냈다. 이번 추석에는 조카 둘 다 얼굴이 새까맣게 그을린 데다 파마머리를 하고 와서 마치 필리핀에서 온 노동자 같다고 놀려도 싱글벙글했다.

장조카가 미리 준비한 고급 '스피겔라우 맥주잔 세트'를 아내와 제수씨에게 선물이라며 건네주었다. 잔을 선물 받자 아내와 제수씨는 좋아하며 인증샷을 찍었다. 그 맥주잔은 마실 때마다 사라지는 만큼의 거품을 새로 만들어 더욱 신기했다.

밤이 깊어지자 오싹해지기 시작해 한 사람씩 방에서 옷을 찾아 입고 나와 어느새 모두 두꺼운 옷차림이 되었다. 취기가 돌자 고상한 노래보다 옛날 노래가 구미에 당겨 내가 뽕짝 음악을 틀자 아내와 제수씨가 야유를 보내며 방으로 들어가 버렸다. 뽕짝 음악의 맛을 제대로 모르는 사람들이라고 내가 농담을 했다.

오랜만에 만난 아이들은 신이 나서 자기들끼리 시끄럽게 이야기를 나누고 있었다. 한 사람 두 사람씩 방으로 사라지더니 추석 전야는 정적 속으로 빠져들었다.

다음 날 아침 모산재로부터 날이 밝아오자 부스스 잠에서 깨어났다. 우리 동네의 아침은 서쪽에 있는 모산재로부터 밝아온다. 동쪽으로 야산이 가로막고 있어 능선으로 넘어온 햇살이 모산재에 반사되어 정상으로부터 살금살금 내려온다. 동네 맨 뒤에 있는 우리 세컨하우스까지 햇살이 한 발씩 다가오는 풍경이 야릇한 기분을 선사했다.

차례를 지내는데 뭔가 순서가 잘못된 느낌이었다.

"세잔 뒤에 제주 혼자 먼저 절을 하는 것 아니야?"

"그런 것 같네요 ㅎㅎ"

모두 함께 절을 하고 시작하는지 제주만 절을 하는 것인지 헷갈리던 장조카가 씩 웃으며 쑥스러워했다. 형님이 돌아가신 후 장조카가 제주가 되었는데 제사를 지낼 때마다 순서가 다르고 빼먹는 것도 있는 것 같다.

"밥그릇과 국그릇 위치가 바뀐 것 아니에요?"

차례 도중에 동생이 한마디 던졌다.

"아니야 예전에 형님께서 분명히 밥그릇은 왼쪽에 국그릇은 오른쪽에 두시던데."

내가 대답했다.

국그릇의 위치로 설왕설래하다가 동생이 네이버에 물어보더니 잘못됐다고 했다. 제사 법도는 가정마다 다른데 돌아가신 형님께 물어볼 수도 없어 동생의 의견을 따르기로 했다. 제사는 지낼 때마다 새롭고 서툴다. 형님이 계실 때는 따르기만 하면 되었는데 돌아가신 형님이 새삼 그리워졌다.

차례를 끝내고 부모님 산소와 형님 산소로 성묘를 나섰다. 가족 모두 함께 나서니 큰 부대의 행군처럼 인원이 많았다.

성묘 후에 부모님 산소 바로 옆에 있는 밤나무 산에서 밤을 줍기로 했다. 형수님의 일을 덜어주기 위해서다. 형수님은 지난해 뇌출혈로 쓰러져 병원에서 몇 달간 혼수상태에 있었는데 다행히도 거의 정상을 되찾았다. 밤나무 아래로 기어 다니며 밤을 줍는데 가시가 장갑을 뚫고 손가락을 찔러 움찔하기를 거듭했다.

"뚝~ 뚝~"

벌어진 밤송이에서 밤 알이 떨어지기도 하고 밤송이째 떨어지기도 했다. 혹시나 밤송이가 머리 위에 떨어질까 봐 겁이 났다.

잠시 후 "앗~" 하는 조카의 비명이 들렸다. 밤송이에 머리를 찔렸단다. 밤 가시는 예리하고 독성이 있어 찔리면 오랫동안 따갑고 아프다. 서너 시간 밤을 줍자 허리가 아프고 목도 말랐다.

"목이 말라 죽겠는데 이제 그만합시다."

일에 꾀가 난 장조카가 자기 엄마에게 말했다.

"고급 인력들이 이런 일을 하니 수지가 안 맞는데 차라리 밤 값을 드릴 테니 그만합시다."

작은 조카가 말했다. 그렇게 말을 해놓고도 고생하는 엄마를 생각하면 그만둘 수 없는 것이 아들이다.

산이 비탈져 밤 자루를 지게로 날라야 했다. 한 지게 가득 알밤을 지고 산비탈을 오르자 힘들기보다 옛 추억에 젖어 행복했다.

모두 자기들 집으로 돌아가고, 오후 늦게 우리가 마지막으로 형수님과 작별을 했다.

형수님은 이것저것 하나라도 더 싸주고 싶어 어쩔 줄 몰라 하며 바리바리 가져가라고 야단이셨다. 신문지로 소중하게 감싼 참기름과 볶은 참깨 봉지를 아내에게 건네주셨다. 당신의 아들 못지않게 시동생들을 좋아하신다. 내가 초등학교 4학년 때 우리 집으로 시집오신 형수님은 그때부터 어머니처럼 우리를 잘 돌봐 주셨다. 시동생이 아니라 부모 자식 사이와 진배없다.

작별 인사를 하고 차가 출발할 때 문간에 멍하게 앉아 계시는 형수님을 보니 마음이 아팠다. 형님이 갑자기 돌아가신 후 눈물샘이 마를 날이 없는 분이다. 형님이 몸살로 입원했다가 2주 만에 갑자기 돌아가신 후 가족들 모두 감당하기 힘든 슬픔에 휩싸였다. 그때는 상실감과 함께 삶에 대한 허무감이 정말 컸다.

형님이 돌아가시고 난 후 삶을 대하는 나의 태도에는 많은 변화가 있었다.

동생 가족과 함께했던 대장정

　노스캐롤라이나주 랄리(Raleigh)에 있을 때 일이다. 여름방학을 맞아 동생 가족이 우리 집을 방문했다. 동생은 회사를 오랫동안 비울 수 없어 열흘 남짓만 함께했고 제수와 조카들은 한 달간 우리와 함께 지냈다.

　동생의 일정을 최대한 활용하기 위해 미리 미국 동부 핵심 도시와 캐나다를 잇는 여행을 계획하고 기다렸다. 워싱턴 D.C.·뉴욕·나이아가라 폭포와 캐나다의 토론토·몬트리올·퀘벡을 거쳐 돌아오는 길에 보스턴·필라델피아를 잇는 대장정을 8박 9일 만에 소화하기 위해 치밀하게 계획을 세웠다. 마침 우리 차가 오디세이 밴이어서 두 가족이 함께 여행하는 데 큰 문제는 없었다.

　여행은 늘 설렘으로 시작된다. 멀리서 어렵게 찾아온 동생 가족과 젊은 날에 떠난 여행은 각별한 의미가 있었다. 8인승 밴에 몸을 싣고 하루에도 수백 킬로미터를 달리며 아이들에게 조금이라도 더 넓은 세상을 보여 주려고 애썼다. 워싱턴 D.C.의 국회의사당과 백악관, 뉴욕의 마천루와 자유의 여신상을 보며 많은 것을 느끼게 해주고 싶었지만 정작 아이들은 사촌끼리 장난치고 노는 데 더 큰 관심을 보였다.

나이아가라 폭포에서는 그 장엄함에 놀랐고, 캐나다 토론토를 거쳐 천섬(Thousand Islands)에 이르러서는 온타리오 호수 위에 수천 개나 흩어져 있는 작은 섬들과 그 위에 자리한 아름다운 별장들을 보며 그런 곳에서 한 번 살아 보고 싶다는 생각이 들기도 했다. 오타와, 몬트리올과 퀘벡의 고풍스러운 거리를 지나 보스턴과 필라델피아를 거쳐 돌아오는 길에는 고등학교 때 친구를 만나는 즐거움까지 더해졌다.

그 여정은 마치 군인의 작전을 연상시켰다. 새벽같이 일어나 밤늦게 호텔에 도착하는 날들의 연속이었고 내비게이션을 믿고 들어섰다가 되돌아 나오기를 반복하기도 했다. 시간적 여유가 많지 않았던 젊은 날 동생 가족과 여러 곳을 점만 찍듯 훑고 지나간 여행이었음에도 그 기억은 오래 남았다.

끝없이 이어지는 도로를 달리다 도로변 피크닉 에어리어에 차를 세우고 밥솥으로 지은 따뜻한 밥에 김치찌개를 나눠 먹던 일 워싱턴 D.C. 포토맥강 변의 나무 그늘에서 점심을 먹던 일 등이 오래 기억에 남는 것을 보니 삶에서 먹는 즐거움 또한 꽤 크다는 생각이 들었다.

동생을 떠나보내는 아쉬움을 달래려 동부 여행을 마친 바로 다음 날 피곤함을 뒤로하고 조던 호수(Jordan Lake)에서 단독으로 배를 빌려 함께 시간을 보내기도 했다. 운전면허증을 맡기고 배를 빌려 거대한 호수 어디든 자유롭게 다니며 구명복을 입은 채 호수에 뛰어들어 더위를 식히던 일은 아직도 특별한 기억으로 남아 있다.

동생이 떠난 뒤 조카들은 여름 캠프에 참여해 미국 아이들과 어울리는 경험을 했고, 쇼핑센터와 다양한 곳을 다니며 미국의 일상을 자연스럽게 접할 수 있었다.

집 뒤뜰 잔디밭에서 바비큐 파티를 열고 내가 살던 타운 하우스의 수영장에서 수영하며 즐거운 시간을 함께 보내기도 했다.

어느새 이십여 년의 세월이 훌쩍 지나 그때의 젊은이였던 나와 동생은 회갑을 넘겨 예순 중반이 되었고 그 아이들 역시 대학을 졸업하고 장성해 사회에 진출했으니 격세지감을 느낀다.

사랑하는 딸에게

코로나가 한창이던 때에 딸이 결혼했다. 결혼식장 입장 인원이 50명으로 제한되어 가까운 친지들조차 대부분 참석하지 못했고, 연로하신 처부모님과 누님들 역시 참석하지 못했다. 많은 사람 앞에서 축하를 받으며 결혼식을 올리면 좋았을 텐데 하는 생각에 딸이 안쓰러웠다.

요즘은 결혼할 때 대부분 준비를 신랑 신부가 스스로 해서 부모로서는 한결 편했다. 주례도 따로 모시지 않고 혼주가 간단히 인사와 당부의 말을 전하면 되는 형식이었다. 성혼 선언문은 사돈께서 맡으셨고 나는 인사말을 하기로 했다.

막상 내 딸의 결혼식에서 어떤 말을 해야 할지 고민이었다. 딸을 시집보내면서 하객들 앞에서 혹시나 눈물이 나지 나 않을까 걱정되었다. 결혼식 날짜가 다가올수록 고민은 깊어졌다. 전하고 싶은 말은 많았지만 짧은 시간에 마음을 다 담는 일은 쉽지 않았다.

결혼식 날, 예식장 단상에서 하얀 드레스를 입은 딸을 보는 순간 마음이 울컥했다. 감정을 억누르려 애쓰니 오히려 목소리가 커졌다.

결혼식에서 인사말은 짧을수록 좋다고들 하지만 자식의 행복을 걱정하는 부모의 마음은 그렇지 않았다. 나는 그동안의 경험과 생각을 담아 딸과 사위에게 꼭 전하고 싶은 말을 정성을 다해 전하려 했다.

사랑하는 내 딸과 이제 우리 가족이 된 사위야, 결혼을 진심으로 축하한다.

오늘부터 너희는 서로 다른 가정에서 자라온 두 사람이 하나의 새로운 가정을 이루게 되었다. 설레는 마음이 크겠지만 살아온 환경의 차이로 때로는 작은 갈등이 생길 때도 있을 것이다. 그럴 때마다 서로 이해하고 배려하며 행복한 가정을 꾸려가길 바라는 마음으로 몇 가지 덕담을 전하고자 한다.

첫째, 행복은 어떤 조건에 의해 주어지는 것이 아니라 스스로 만들어가는 것이란다.

아무리 아름다운 꽃길도 오래 걷다 보면 지루해지고 아무리 맛있는 음식도 계속 먹으면 맛이 없어지더라. 인생에서 큰 목표도 중요하지만 새소리 하나 바람 한 점처럼 사소한 일에도 그 의미를 함께 만들어 갈 때 행복이라는 파랑새는 언제나 너희 곁에 머물 것이다.

둘째, 똑똑하기보다 지혜로운 부부가 되어라.

똑똑한 사람은 상대의 허물이 잘 보이지만 지혜로운 사람은 상대의 장점을 더 잘 본단다.

사위야 부탁이 하나 있다. 내 딸은 똑똑한 아이로 조금만 칭찬해주면 능력을 백 배로 발휘할 것이다. 늘 예쁘다고 잘한다고 칭찬을 아끼지 말아라.

딸아, 남자의 비밀을 하나 알려주마. 남자는 아내의 말에 매우 민감한 존재란다. 아내가 불평하면 그 문제를 해결하려고 애쓰고, 해결할 수 없으면 자신만의 동굴로 숨어버리기도 하지. 하지만 아내의 작은 칭찬 한마디는 남자를 세상에서 가장 행복한 사람으로 만든단다. 남편이 훌륭한 사람이 되기를 바란다면 불평보다는 칭찬을 많이 해라.

마지막으로, **이기적으로 사는 삶보다 더불어 사는 삶이 더 크고 값진 행복을 가져다준다는 것을 잊지 말아라.**

나 자신만 생각하기보다 상대를 생각하고 이웃을 배려

하고 어른을 공경하고 부모님을 섬길 때 더 큰 행복이 찾아온다는 것을 명심하도록 하여라.

너희 두 사람이 누구보다 따뜻하고 행복한 가정을 이루어 앞으로 태어날 자녀들에게 모범이 되는 부모가 되기를 바란다. 우리는 언제나 든든한 후원자가 되어줄 것을 약속할게.

사랑한다, 내 딸아 사위야.

한겨울에 핀 노란 꽃

장인어른께서 별세하셨다. 향년 여든여덟이시다. 장모님은 그보다 세 살 아래이시고 올해는 두 분의 결혼 60주년이 되는 해였다. 공직에서 정년퇴직하신 뒤 서로 의지하며 오순도순 지내시는 모습을 지켜보는 자녀들은 늘 감사한 마음이었다.

장인께서는 자식들에게 짐이 되는 것을 유난히 싫어하셨고 언제나 자신이 베풀어야 마음이 편한 분이었다. 자녀는 2녀 1남으로 맏딸인 아내는 부산에 살고 있고, 둘째인 처제와 막내 처남은 부모님과 같은 마산에 산다.

1월 초, 동서 부부와 함께한 해외여행을 마치고 김해공항에 도착해 휴대전화를 켜니 새벽에 처남이 단톡방에 올린 글이 눈에 들어왔다.

"아버지 걸음 상태가 갑자기 안 좋아져 운동을 권유하고 관심을 가져드려야겠습니다."

여행 이야기도 할 겸 처가에 들르려 장모님께 전화를 드렸더니 A형 독감에 걸려 전염 우려가 있으니 며칠 뒤에 오라고 하셨다. 두 분 모두 독감에 걸리신 상태였다. 그날 오후 함께 여행을 갔던 처제가 단톡방에 요구르트병에 꽂힌 노란 꽃 한 송이의 사진과 함께 글을 올렸다.

"엄마가 말리는데도 아침에 아빠가 운동해야 한다고 보행기를 밀고 나가셨답니다. 길가에 핀 노란 꽃이 예뻐 엄마에게 드리려고 꺾다가 뒤로 넘어지셔서 한동안 일어나지 못하고 계셨고, 지나가던 행인의 도움으로 겨우 일어나 집 앞까지 오셨다네요. 그런데 대문 앞에서 또 넘어지셨답니다. 엄마가 그 소리를 듣고 나가셨고 두 분이 방으로 들어가는 데 한참이 걸렸답니다. 눈물겨운 노부부의 사랑 이야기…."

처제는 장인의 장애 등급을 알아보기 위해 동사무소에 갔다가 휠체어를 대여해 친정으로 간 것이었다. 장인은 연세가 들며 체중이 늘고 고관절이 약해져 걷는 것이 불편하셨다. 정형외과에서 연골 주사를 맞으시면서도 자식들에게 마음의 부담을 주는 일은 극도로 꺼리셨다.

이날 이후 장인은 식사를 제대로 하지 못하고 구토 증상을 보여 동네 병원에서 수액을 맞으셨다. 며칠 뒤 상태가 악화되며 폐렴 진단을 받아 구급차로 창원의 종합병원으로 옮겼다. 의료 대란으로 대형병원 입원은 하늘의 별 따기였지만 다행히 구급차를 통해 응급실로 들어갈 수 있었다. 그러나 응급실에서 검사를 받은 뒤에도 병실이 없어 적잖은 우여곡절을 겪어야 했다.

병실에서 장인은 정신이 들락날락하셨다. 미음을 삼키다 기도로 넘어가 콧줄을 끼워야 한다며 간호사가 가족의 동의를 구했다. 연세 때문에 자율신경 기능이 약해져 생기는 일이라고 했다. 병원 통제가 엄격해 면회는 제한적이었고 콧줄을 빼려 하셔서 간호사가 손을 묶어두기도 했다.

스스로 몸을 전혀 움직일 수 없어 기저귀를 차야 했다. 그런데도 자존심 때문인지 화장실에 가고 싶다며 자꾸 졸라 마음이 아팠다.

"손목 풀어라."

"멜론이 먹고 싶다."

"배고파 죽겠다."

"물 한 컵만 다오."

요구는 많았지만 콧줄을 끼운 상태라 아무것도 해 드릴 수 없었다. 당뇨가 심해 물조차 제한된 상태였다.

쓰러지신 지 3주 정도 지나 폐렴이 조금 호전되자 요양병원으로 옮기라는 권유를 받았다. 간병인으로부터 추천

받은 곳은 마산에서 시설이 뛰어나고 의료진도 비교적 많은 곳이었다. 자식들이 모두 모여 요양병원 담당 의사와 면담했다. 그는 서울대병원에서 퇴직하고 왔다며 자신을 소개했다.

우리는 콧줄을 제거하고 음식을 드실 수 있도록 해 보자고 조심스럽게 요청했다. 그러나 의사는 단호했다.

"20년 동안 고혈압·당뇨·고지혈증을 앓으셨고 흡인성 폐렴까지 오셨습니다. 회복을 기대하기 어렵습니다. 자녀분들의 기대치가 너무 높습니다. 사람은 10대에서 100이던 기능이 90, 80으로 점점 내려가는데 아버지는 현재 '10' 정도만 남아 서서히 사그라져 가는 상태입니다. 갑자기 돌아가실 수도 있습니다."

의사의 말이 원망스러웠지만 자연의 섭리를 거스를 수 없다는 사실도 부정할 수 없었다. 다른 병원으로 옮기고 싶었지만 의료 대란 속에서 받아 줄 병원이 없다는 것도 현실이었다.

콧줄은 한 번 끼우면 쉽게 뺄 수 없고 재활병원에서 연하 운동을 거쳐 테스트를 통과해야만 제거할 수 있다는 사실도 그제야 알았다. 그런 일을 해주는 병원도 많지 않다고 했다. 상황은 점점 절망적인 쪽으로 흘러가고 있었다.

면회 시간은 짧았다. 의사를 말로 표현하지 못했고 팔다리의 힘도 완전히 빠져 축 늘어져 있었다. 오래 누워 계셔서 온몸이 아픈 듯 보였다. 동서와 두 딸이 힘을 합하여 억지로 몸을 일으키고 나는 등을 주물렀다. 목과 어깨 날갯죽지와 척추를 마사지하려는데 몸이 늘어져 손을 넣기 어려운 곳이 많았다.

"시원하세요?"

고개를 끄덕이셨다.

"아프세요?"

또 고개를 끄덕이셨다.

말을 못 하시니 얼마나 답답하셨을까. 그저 역지사지의 마음으로 최선을 다해 주물렀을 뿐이었다. 바로 눕혀 드리니 얼굴이 조금 편안해 보였다. 아파도 주무르는 것이 그나마 도움이 되었던 모양이다.

연일 면회 시간이 끝나고도 쉽게 자리를 뜨지 못했다. 자식들은 머리를 맞대고 방법을 찾으려 했지만 현실적인 대안은 없었다. 요양병원 의사와의 35분간 면담 그리고 창원의 종합병원 담당 의사의 말을 종합하니 희망은 점점 옅어져 갔다.

장인은 폐렴으로 쓰러지신 지 석 달 만에 결국 세상을

떠나셨다. '한겨울에 핀 노란 꽃' 한 송이를 장모님께 꺾어 드리고 훌쩍 떠나신 것이다. 제대로 걷지도 못하는 몸으로 혹한 속에 핀 예쁜 꽃을 꺾다가 쓰러지셨으니 어쩌면 그 것이 작별 인사였는지도 모르겠다.

장인은 참 고마운 분이셨다. 결혼할 때부터 아내는 단독 주택 1층의 전셋집에서 부모님과 두 명의 조카와 함께 살 았다. 어린 딸이 그런 환경에서 신혼을 시작하는데도 처부 모님께서는 단 한 번도 불편한 기색을 보이지 않으셨다. 조카는 나보다 열다섯 살 위 형님의 아들로 더 좋은 교육 환경을 찾아 부산에 온 것이었다.

"결혼하면 조카 둘을 데리고 살아야 할 것 같은데…."

결혼 전 조심스레 말했을 때 아내는 스스럼없이 승낙했 다. 스물세 살의 어린 마음에 그 의미를 깊이 생각하지 못 했을 것이다.

결혼 후 아내가 교직에 몸담으면서 나는 박사과정에 진 학해 공부를 이어갔다. 아내는 매일 아침 조카들의 도시락 을 싸고 출근했다. 어머니는 잠시도 앉아 있지 못하는 성 격이었고 아버지는 밤늦게까지 신혼 방에서 TV를 보며 졸곤 하셨다.

"나 신경 쓰지 말고 피곤하면 누워라."

아버지께서는 배려하는 말씀이었지만 관습상 시아버지

앞에서 며느리가 눕는다는 것은 쉽지 않았다. TV도 아내가 시집올 때 사 온 것밖에 없었는데 지금 생각하면 그것을 부모님 방에 놓았었더라면 하는 아쉬움이 남는다.

"자네 장인이 참 대단한 분이시네!"

지금은 작고하신 대학 은사님의 말씀이 아직도 기억난다. 가난한 촌놈에다 그런 조건인 나에게 어떻게 딸을 시집보냈을까 하는 역설적인 표현이었다. 나는 그 말씀 속에 어렴풋이나마 씨앗을 볼 줄 안다는 의미가 담겨 있지 않을까 하며 위안했었다.

세월은 참 빠르다. 나의 부모님이 돌아가신 지도 어느덧 삼십여 년이 흘렀고, 함께 살았던 조카들도 쉰을 넘겼다. 그때 청년이었던 나도 정년퇴직을 했으니 세월이 무상하다.

부모님 산소 앞에서

코로나로 정부의 '5인 이상 집합 금지' 조치 탓에 명절다운 기분이 나지 않았다. 명절이면 늘 교통체증으로 몸살을 앓던 고향길도 유난히 한산했다.

설날 아침에 차례를 지내며 차례 간소화에 대한 이야기가 오갔다.

"차례는 기제사와 다르니 간소하게 지냅시다."

장조카의 제안에 동생과 조카들 모두 고개를 끄덕였다.

그때 옆에 계시던 칠순을 갓 넘긴 형수님이 단호하게 말씀하셨다.

"그러면 되는가."

집안 최고 연장자인 형수님의 반대에 더는 말을 잇지 못했다. 이 문제는 당분간 숙제로 남길 수밖에 없었다. 형님이 세상을 떠난 지 여러 해가 지났지만 형수님은 아직도 문득문득 눈시울을 적시곤 하신다.

차례를 지낸 뒤 우리는 술과 간단한 음식을 챙겨 들고 성묫길에 나섰다. 부모님 산소는 황매산 자락이 한눈에 내려다보이는 땅당골의 양지바른 언덕에 있고 형님 산소는 소꼴앞밭이라 불리는 곳에 있다. 땅땅골이나 소꼴앞밭 같은 시골 지명은 그곳에서 태어나고 자란 나조차 그 유래를 알지 못한다.

부모님 산소 앞에 서서 내려다본 고향 산천은 언제나 어머니 품처럼 포근하다. 성묘를 마친 뒤 우리는 산소 앞에서 잠시 담소를 나누었다.

"내가 죽으면 화장해서 부모님 산소 곁에 묻고 조그만 돌 하나를 만들어 덮으면 좋겠어. 동생은 어떻게 생각해?"

인생의 반환점을 훌쩍 넘긴 나이이기에 자연스레 꺼낸 말이었다.

"그때 가봐야 알죠."

나보다 세 살 아래인 동생은 죽음 이야기가 불편한 듯 말을 흐렸다.

"죽고 나면 본인이 말을 못 하잖아. 미리 자식들에게 생각을 전해 두는 게 좋지."

"그래도 그때 가봐야 알겠어요."

동생은 '죽음'이라는 단어를 피하듯 자리를 떴다. 나는 곁에 남은 아들과 조카들에게 말했다.

"나는 후손들이 나를 잊을 즈음이면 표석 아래 묻힌 뼛가루도 함께 사라졌으면 좋겠어."

인간도 자연의 일부로 세상에 잠시 머물다가 결국 원래 자리로 돌아가는 존재다. 예전에는 죽음이라면 막연히 두려웠지만 부모님과 형님을 떠나보낸 뒤로는 죽음이 추상적인 개념이 아니라 현실로 다가왔다.

요즘 주변을 보면 제례 문화도 빠르게 변하고 있음을 느낀다. 부모님 기제사를 한 날로 합치거나 모두가 모이기 쉬운 주말로 하는 가정이 늘었다. 생일을 주말에 챙기듯 제사 역시 가족들이 편히 만날 수 있는 날로 정하는 것도 그리 무리는 아니라는 생각이 든다.

본래 제사는 조선 시대 유교 문화에서 비롯된 것으로 부모를 잃은 자식들이 슬픔을 달래고 효를 실천하기 위해 만들어진 관습으로 알고 있다. 그러다가 제사에서 조상님께 복을 빌기도 하고 이를 소홀히 하면 벌을 받는다고 생각하게 되었다. 제사는 조상께 감사하는 마음으로, 흩어진 가족이 한자리에 모여 정을 나누는 기회로 받아들이는 편이 더 바람직할 것이다.

이제는 얼굴조차 모르는 조상의 묘를 돌보는 일을 부담으로 느끼는 시대가 되었다. 우리 세대에서 후손들에게 짐이 되지 않을 방법을 고민해야 할 것 같다.

몇 해 전까지만 해도 내가 살아온 흔적이 사라진다는 생각이 허전하게 느껴졌다. 그러나 급변하는 사회의 흐름 속에서 나 역시 그에 대한 생각이 달라졌다.

한때 '유언 미리 써 보기'가 유행했었다. 한 번쯤 죽음을 떠올리며 자신을 정리해 보는 일은 삶을 되돌아보고 마음을 정돈하는 데에도 좋은 계기가 될 것이다. 자연의 섭리에 순응하며 그 안에서 자신의 삶을 성찰하는 지혜가 필요하다.

회자정리(會者定離).

만난 자는 반드시 헤어지게 마련이다. 살아 있을 때 욕심을 덜고 즐겁게 살다 때가 되면 미련 없이 떠나는 것. 그것이 어쩌면 가장 현명한 삶의 태도일지도 모르겠다.

쑥떡에서 묻어나는 정

먹을 것이 넉넉하지 않던 시절 쑥은 우리 가족의 허기를 달래주던 소중한 구황식물이었다. 봄이 되면 어머니나 누나들이 들녘에서 연한 쑥을 한 소쿠리씩 뜯어 와서 쑥국을 끓이거나 밀가루에 버무려 '쑥털털이'를 만들어 끼니를 대신하기도 했다. 쑥떡이라도 해 먹으면 좋겠다는 생각이 들었지만 밥을 지을 쌀조차 귀했으니 떡은 말 그대로 그림의 떡일 뿐이었다. 그때는 그렇게 싫던 쑥털털이가 세월이 흐른 지금 문득 생각나는 것을 보면 입맛조차 추억을 그리워하는 듯하다.

4월 초순, 오랜만에 처부모님과 동서 부부 그리고 우리 가족이 황매산 자락에 있는 내 고향의 세컨하우스를 찾았다. 장인이 떡을 무척 좋아하신다는 것을 아는 시골 형수님께서 쑥을 뜯어 쑥떡을 만들겠다며 내게 고향에 오면서 삼가의 떡방앗간으로 들르라고 하셨다.

방앗간에서는 일흔이 넘은 아주머니들이 주문에 밀린 쑥떡을 만드느라 분주히 손을 놀리고 있었다. 시골에서는

직접 뜯은 쑥과 쌀을 방앗간에 가져가 떡을 빚어 달라고
한다.

한참을 기다린 끝에 우리 떡이 나왔는데 다른 집의 떡과
섞였다며 방앗간 여주인이 도우미 아주머니를 호되게 꾸
짖었다. 봄철 시골 떡방앗간은 쑥떡 주문이 몰려 전쟁터를
방불케 했다.

“누가 다 먹을 거라고 이렇게 많은 떡을 하셨어요?”
완성된 떡을 받아 보니 무려 여섯 박스나 되었다.
“나무실 시누이 한 박스 주고 우리 한 박스 먹고 나머지
는 장인 갖다 드리소.”
형수님은 장인이 떡을 좋아하신다는 걸 알고 이렇게 가
끔 떡을 만들어 드리곤 하셨다.
형님이 돌아가신 지 벌써 10여 년이 되었다. 그 후로 형
수님은 혼자 시골에 머물며 살고 계시는데, 건강이 좋지
않아 쉬라고 해도 늘 일에 매달려 지내신다.

떡이 너무 많아 걱정하며 세컨하우스에 먼저 도착해 계
신 처부모님께 갖다 드리니 두 분은 함박웃음을 지으며
걱정하지 말라고 하셨다. 집에 가져가서 냉동실에 넣어 두
고 하나씩 꺼내 드시겠다며 아이처럼 좋아하셨다.

다음 날 아침을 먹다가 휴대폰을 보니 초등학교 친구 경자로부터 부재중 전화가 찍혀 있어 전화를 걸었다.

"여보세요?"

통화음이 울리자 경자는 전화를 바로 받았다.

"전화했는데 몰랐구나."

"아직도 시골에 있니?"

'내가 시골에 온 것을 어떻게 알았을까'하고 깜짝 놀랐다. 전날 오후 정자의 양철지붕에 떨어지는 빗소리를 들으며 즉흥시를 지어 동기들 단톡방에 올렸는데 그 글을 보고 알았다는 것이었다.

"내가 쑥을 뜯어서 쑥떡을 만들었는데 맛이라도 좀 보여주려고."

경자는 진주에 살고 있는데 쑥떡을 만들어 시골 친정에 어머니를 찾아오는 길이라고 했다.

"고맙다. 그런데 형수님이 우리 온다고 쑥떡을 엄청 많이 하셨네~~."

쑥떡이 지천이라 말끝을 흐리며 사양한 말이었다. 전화를 끊고 나니 친구의 성의를 받아주지 못한 것 같아 마음 한켠이 미안했다. 그런 차에 옆에서 통화를 듣고 계시던 장모님이 그건 예의가 아니라며 다시 전화해보라고 하셨다.

경자는 신랑과 황매산에 놀러 가는 길이라며 동구 밖으로 나오라고 했다. 약속 장소로 향하는 나에게 아내와 처제가 비스킷 두 박스를 챙겨 주었다.

잠시 후 경자는 쑥떡과 식혜 한 통을 전해주고 지인들과 철쭉 구경을 하러 간다며 황매산으로 떠났다.

경자에게서 받아 든 쑥떡에서 친구의 따뜻한 마음이 고스란히 느껴졌다.

4부
연구년 이야기

첫 연구년의 기억

　대학에서 근무하는 동안 세 차례의 연구년이 있었다. 연구년에는 대개 외국 대학이나 연구기관의 초청으로 공동 연구나 강의를 하는 등 방문 교수의 자격을 얻게 된다. 이때는 동반 가족 모두가 그 나라 국민에 준하는 비자가 주어진다.

　첫 번째 연구년은 2001년 콜로라도주립대학교에서, 두 번째는 2008년 노스캐롤라이나 주립대학교에서, 그리고 마지막은 2017년 터키 이스탄불의 바흐체세히르대학교에서 각각 1년씩 보냈다.

　대학으로 직장을 옮기고 6년 만에 미국 중부 포트 콜린스에 있는 콜로라도주립대학교(CSU)의 아지미(Dr. Azimi) 교수로부터 초청을 받았다. 그는 한꺼번에 여섯 개의 프로젝트를 진행할 정도로 열정이 넘치는 학자였다. 연구실은 늘 활기가 넘쳤고, 매주 금요일 오후에는 모든 대학원생과 교수가 참여하는 세미나가 열렸다. 이란 출신인 그는 테헤란대학교를 졸업한 뒤 영국 임페리얼 칼리지에서 박사학위를 받았고 20여 년간 CSU에서 재직하고 있었다.

연구실에 합류한 지 얼마 되지 않아 한국에서 진행했던 연구 내용을 발표해 달라는 요청을 받았다. 나의 연구 내용과 대학에 부임하기 전 연구소 근무 시절에 참여했던 디지털 이동통신 시스템 관련 연구를 소개하자 실험실 구성원들 모두 많은 관심을 보였다.

연구실에 처음 합류했을 때는 다소 서먹했지만 시간이 지나면서 구성원들과 자연스럽게 가까워졌고 어느새 서로 농담을 주고받으며 어울리는 사이가 되었다.

디지털 신호처리(DSP) 실험실에는 대략 7~8명의 대학원생이 있었다. 그중 가장 나이가 많은 제임스는 멕시코의 한 대학교수로 일하다 온 사람이었고 나와 동갑내기였다. 그의 아내가 커뮤니티 칼리지에서 나의 아내와 같이 수업을 듣고 있어 가족끼리 만나기도 했다.

이란에서 온 알리는 유학 온 지 얼마 되지 않았음에도 연구실의 진반적인 일을 책임지는, 아지미 교수의 오른팔 같은 존재였다. 중국 출신 학생 세 명 역시 연구실의 핵심 멤버였다. 박사과정의 잔치는 칭화대 출신으로 수학적 재능이 뛰어났고, 류와 타오 역시 연구실을 든든히 떠받치고 있었다. 또 다른 이란 학생 아르타는 처음에는 다소 으

스대는 인상을 주었지만 어느 순간부터 나에게 먼저 말을 걸며 호의를 보이기 시작했다. 마크는 DSP 연구실에서 유일한 미국인으로 아지미 교수는 그에게 유난히 애정을 보였다. 미국인 대학원생이 드문 상황에서 자신의 실험실에 미국인 학생이 있다는 점을 은근히 자랑스러워했다.

CSU 대학원생들의 분포를 살펴보니 인도 학생이 150여 명으로 가장 많았고 중국이 120여 명, 한국이 107명이었다. 그 뒤로 일본과 멕시코가 뒤따랐다. 이를 보며 한국인들의 학구열이 참으로 대단하다는 생각이 들었다. 내가 속한 전기·컴퓨터공학과에서는 특히 중국 학생들의 능력이 두드러졌는데 12억이 넘는 인구 가운데서도 손꼽히는 인재들이 유학을 오는 것이니 어쩌면 당연한 일일지도 모른다는 생각이 들었다. 최근 중국은 그런 인재들을 외국에서 불러들여 국가 차원에서 활용하며, 무서울 정도로 빠른 발전을 이루고 있다.

콜로라도에서 지내는 동안 나는 미국 학생들의 공부 태도에서 많은 것을 배웠다. 이들은 매일같이 쏟아지는 리포트를 밤을 새워 완성해 제출했고 교수들은 이를 꼼꼼하게 채점해 학점에 반영했다. 다양한 서적을 참고하며 과제를 해결하는 과정에서 학생들은 자연스럽게 전문성과 프로

의식을 체득하고 있었다.

대학 캠퍼스를 거닐며 흥미로운 풍경도 쉽게 마주쳤다. 일과시간에 건물의 문이 모두 열려 있어 교수 연구실이나 대학원생 실험실, 그리고 각종 사무실의 내부가 복도에서 그대로 보였다. 이러한 개방은 업무에 느슨해지지 않도록 하는 일종의 장치처럼 느껴졌다. 일과시간에는 모두 자신의 자리에서 집중해 일하고 퇴근 시간이 되면 자리를 정리한 뒤 바로 집으로 향했다. 이 모습에서는 미국 사회가 중시하는 일과 삶의 균형이 분명하게 드러났다.

미국에서는 개인의 성과가 곧 평가로 이어지고 필요하다면 언제든지 해고가 가능했다. 한 해의 성과가 다음 해의 연봉에 직접 반영되는 구조 속에서 사회는 효율적이고 발전적으로 돌아갔다. 풍부한 자원과 넓은 국토를 가진 이 나라 사람들이 이처럼 성실하게 살아가는 모습을 보며 나는 놀라움과 감탄을 느꼈다.

콜로라도에서 보낸 연구년은 단순히 연구만 한 시간이 아니었다. 미국인들의 생활과 문화를 가까이에서 관찰하며 우리 학생들을 어떻게 지도해야 할지 고민하는 계기가 되었다. 또한, 세계 각국에서 온 사람들과 함께 지내며 그들 나라에 대한 정보를 접할 기회가 되었다.

잠옷 차림의 등교

아들이 콜로라도에서 초등학교 2학년 때의 일이다. 어느 날 '파자마 데이(Pajama Day)'여서 잠옷을 입고 등교해야 한다고 해 깜짝 놀랐다. 그 말을 믿을 수 없어 담임선생인 프랭클린(Mrs. Franklin) 여사께 전화를 걸었다.

"선생님, 아들이 내일 잠옷을 입고 학교에 가야 한다는데 사실인가요?"

"네 맞습니다. 잠자리에 들기 전 책을 읽는 모습을 재현하면서 독서 습관을 기르기 위한 행사입니다."

예상치 못한 대답에 놀랐고 아이의 말을 믿지 못한 나 자신이 미안했다.

미국의 초등학교는 독서를 매우 중요하게 여긴다. 아들이 다닌 초등학교에서는 'Read Succeed'라는 프로그램을 운영했는데 아이들이 매일 한 권 이상의 책을 읽고 부모의 서명을 받아 매주 월요일에 제출하는 방식이었다. 얇은 어린이용 도서로 시립도서관에 가면 권수 제한 없이 책을 빌릴 수 있었다. 우리는 한 번에 서른 권 정도의 책을 빌려

오기도 했다.

　학교에서는 학생들의 독서량을 점수로 환산해 일정 점수가 되면 피자 무료 쿠폰을 주기도 했다. 매주 금요일이면 6학년은 1학년을 5학년은 2학년을 맡아 '독서 친구(Book Buddy)' 활동도 했다. 이는 고학년이 저학년에게 1대 1로 동화책을 읽어 주는 활동으로 아이들이 자연스럽게 독서 습관을 기르는 데 큰 도움이 되었다.

　다음 날 아침, 아들을 등교시킨 뒤 캠코더를 들고 학교를 찾았다. 파자마 데이가 궁금해 그 풍경을 기록으로 남기고 싶었다. 그런데 아들이 있어야 할 교실은 텅 비어 있었다. 이곳저곳을 찾아다니다가 도서관으로 가 보니 각양각색의 잠옷을 입은 아이들이 책을 읽고 있었고 대출을 위해 줄을 서 있는 아이들도 있었다.

　도서관 담당자에게 2학년 프랭클린 선생님 반을 물으니 체육관으로 안내해 주었다. 체육관에는 2학년 전체 세 학급이 원형으로 둘러앉아 가운데 펼쳐진 둥근 천을 맞잡은 채 선생님의 설명을 듣고 있었다. 그 가운데 잠옷 차림의 담임 선생님도 보였다. 나는 손짓으로 사진 촬영이 가능한지 조심스럽게 여쭈었다. 미국에서는 사진 촬영이 매우 엄격하게 제한되어 있는데 특히 어린이를 허락 없이 찍으면

유괴범으로 오해받을 위험이 있어 각별한 주의가 필요했
다. 학생들은 큰 둥근 천을 동시에 들어 올린 뒤 천천히 가
라앉는 시간을 세고 있었다. 이어서 모두 일어나 더 높은
곳에서 같은 동작을 반복했다. 그때까지도 그 활동의 의미
는 알 수 없었다.

체육관에서 밖으로 나오자 다른 학년 학생들과 선생님
들도 잠옷 차림으로 돌아다니고 있었다. 학교 전체가 하나
의 놀이 공간이 된 듯한 매우 흥미로운 풍경이었다.

교장 선생님과의 면담을 요청했는데 그는 교장실을 비
디오로 촬영하기로 했던 나와의 이전 약속을 기억하며 반
갑게 맞아 주었다. 그곳은 일곱 평 남짓한 작은 공간으로
컴퓨터와 프린터가 놓여 있어 소박한 사무실처럼 보였다.
문이 항상 열려 있어 복도에서도 내부가 잘 보였다.

교장 선생님께 파자마 데이에 관해 묻고, 2학년들이 체
육관에서 하던 활동의 의미를 물어보자 '낙하산 활동'이라
고 설명했다. 학생들이 큰 천을 들어 올렸다 놓으면서 바
람의 저항을 느끼고 낙하산이 천천히 떨어지는 원리를 배
우는 프로그램이라는 것이었다.

면담을 마치고 아들의 교실을 찾아가니 학생들이 돌아
가며 독후감을 발표하고 있었다. 의자에 앉은 학생이 자신

의 독후감을 읽으면 책상에 걸터앉은 선생님이 질문을 던졌다. 발표하는 학생은 편안한 자세로 대답했고 바닥에 앉아 있던 학생들도 자유롭게 질문을 했다.

미국의 교육 시스템이 몹시 부러웠다. 선생님의 질문과 학생의 대답은 마치 친구 사이처럼 격이 없었다. 학급당 학생 수가 적어서인지 산만함도 없었다. 여러 차례 교실을 방문했지만 분위기는 늘 비슷했다.

교실에서 떠들거나 규칙을 지키지 않는 학생은 벌칙으로 문 앞 복도에 비치된 의자에 앉아 반성의 기회를 갖는 점도 인상적이었다.

미국 초등학교에서는 다양하고 재미있는 이벤트를 자주 연다. 그중 '크레이지 헤어 데이'에는 무스로 도깨비 머리처럼 엉망으로 만들어 등교하기도 한다. 파자마 데이는 미국 초등학교 교육을 깊이 생각해 보는 계기가 되었다.

초등학교에서 중학교로 전학

　우리나라는 3월에 새 학년이 시작되지만 대부분 나라는 9월에 시작된다. 이는 국제화 시대에 여러 가지로 불편을 초래해 역대 정부에서 여러 차례 변경을 시도했으나 현실적인 문제로 실행에 옮기지 못했다. 마치 일본과 영국 등에서 차의 핸들이 오른쪽에 있어 우측통행을 시작한 뒤 좀처럼 바꾸지 못하는 불편함과도 비슷하다.

　콜로라도에 가족과 함께 연구년을 갔을 때 이와 관련된 일화가 있다.

　미국에 7월 초에 도착한 뒤 한국에서 중학교 1학년 1학기를 마친 딸아이를 어느 학년에 전학시키느냐가 문제였다. 미국에서는 9월 1일에 새 학년이 시작되는데 중학교 1학년 1학기를 다시 하는 것이 자연스러웠지만 나는 초등학교 6학년 1학기에 전학을 시켰다. 어차피 교육과정이 다르기에 1년 동안 영어를 제대로 배우는 것만으로도 의미가 있다고 판단했기 때문이다.

초등학교에 서류를 제출하자 교장 선생님은 중학교로 갈 것을 권했다. 사정을 설명한 끝에 예외적으로 초등학교 입학을 허락받았다. 한 학기가 끝날 무렵 아내와 함께 딸의 학업 문제를 다시 고민하게 되었다. 한국에 돌아와 중학교 1학년 2학기에 복귀시킬지 아니면 한 학년 올라간 중학교 2학년 2학기로 진급시킬지 선택이 쉽지 않았다. 정상적인 진급을 고려한다면 미국에서 중학교에 다니는 것이 좋겠다는 생각과 미국 중학교의 교육 체계를 직접 경험해 보는 것도 의미가 있겠다는 판단에 중학교로 전학을 결정했다.

학군 내 중학교 전화번호를 찾아 무작정 전화를 걸었다. 안내에 따라 며칠 뒤 아내와 함께 학교에 찾아갔다. 중학교에 들어서자 초등학교와는 확연히 다른 분위기가 느껴졌다. 초등학교가 정적이고 아기자기한 분위기였다면 중학교는 한층 역동적이고 규모도 훨씬 컸다.

상담실 카운슬러가 우리를 반갑게 맞으며 초등학교 6학년 1학기 말에 중학교로 옮기려는 이유를 물었다. 나는 한국에서 중학교 1학년 1학기 과정을 마쳤으므로 새 학기부터 1학년 2학기에 복귀하는 것이 자연스럽다고 설명했다. 그녀는 초등학교에서 학생 전산 자료를 이관해야 가능하다며 우선 초등학교와 상의해 보라고 권유했다.

초등학교 담임에게 딸의 전학 의사를 전하자 교장과의 면담을 주선해 주었다. 교장은 학년 도중에 중학교로 전학시킨 경험이 없어 확답하기 어렵다고 했다. 중학교에서 받아주기로 했다는 사실을 설명하자 담임과 상의해 본 뒤 결정하겠다고 했다.

며칠 뒤 교장과 담임, 그리고 우리 가족이 함께 회의를 가졌다. 교장은 담임에게 딸의 과목별 성적을 물었다. 담임은 영어를 포함해 전반적으로 문제가 없으니 중학교 수업을 따라갈 수 있을 것 같다고 평가했다. 그 말을 들은 뒤에야 교장은 전학을 승인하고 필요한 서류와 전산 자료를 중학교로 넘기기로 했다.

전학을 승인받고 중학교로 갔더니 카운슬러가 딸의 수강 과목과 시간표를 설명하며 오케스트라와 밴드 중 하나를 선택해야 한다고 했다. 우리는 오케스트라 반의 바이올린을 선택했다.

미국 중학교에는 '담임' 개념이 없고 카운슬러가 학생 전반의 상담과 학사 관리를 맡고 있었다. 학생들도 한국의 대학처럼 교실을 찾아다니며 각자의 수준에 맞춰 시간표를 짜고 있었다. 중학교 교사였던 아내는 잡무 없이 수업에만 집중하는 미국 교사들을 몹시 부러워했다.

중학교에 입학한 지 2주 만에 오케스트라 발표가 있었다. 다른 학생들은 한 학기 동안 연습을 했지만 딸은 시작한 지 겨우 2주밖에 되지 않아 걱정되었다. 그나마 한국에서 방과후 활동으로 약 1년간 바이올린을 배운 경험이 있어 다행이었다.

발표회 날 행사장에서 예정 시간이 되자 무대 막이 걷히며 바로 연주가 시작되었다. 교장의 인사나 식전 행사도 없었다. 초급부터 상급까지 여러 팀이 차례로 무대에 올랐고 합창단이 캐럴을 부르며 크리스마스 분위기를 한껏 고조시켰다. 몇 팀의 연주가 끝난 뒤 딸이 등장했다. 흰 블라우스와 검은 치마 차림으로 무대에 선 딸을 보자 마음이 뭉클했다. 연속으로 몇 곡을 연주하는 동안 나는 캠코더 스위치를 조작해 가며 그 모습을 열심히 촬영했다. 어쩔 수 없는 부모의 마음이었다.

연주회를 보면서 음악 시간에 이론보다 실제 악기 연주에 집중하는 교육이 무척 좋아 보였다. 그렇게 하는 것이 클래식 음악을 자연스럽게 접할 수 있는 계기가 될 것 같았다. 미국 중학교에서는 음악이라는 단일 과목이 없고 밴드와 오케스트라 중 하나를 선택하게 되어 있었다. 딸은 오케스트라를 선택했는데 주 3회 지휘자와 연습하며 한 학기에 두 번의 연주회가 있다고 했다.

미국의 교육 제도가 여러모로 부러웠다. 정상적인 공교육만으로도 실질적인 교육이 이루어지니 사교육이 불필요해 학부모의 부담도 없었다.

졸업생 대표 연설

"흰색 페인트가 담긴 새 양동이에 매일 검은색 페인트를 한 방울씩 떨어뜨리고 저으면 오랜 시간이 지나도 그 색깔의 변화를 느끼기 어렵습니다. 하지만 그것을 처음의 흰색 페인트와 비교하면 그 차이를 확연히 느낄 수 있습니다. 이와 마찬가지로 우리의 영어 실력도 스스로 체감하기는 어렵지만 그동안 많은 변화가 있었을 것입니다."

내가 콜로라도에서 커뮤니티 칼리지 졸업식에서 졸업생 대표로 했던 연설문의 한 구절이다.

콜로라노주립대학교 방문교수로 있을 때의 일이다. 사십 대 초반이던 그해 나의 모토는 '미국을 제대로 알자'였다. 1년이라는 짧은 기간이었지만 나는 미국이라는 나라를 보다 깊이 이해하고 싶었다.

그 나라를 제대로 알기 위해서는 역사와 지리, 문화 등에 대한 폭넓은 이해가 필수적이다. 그래서 낮에는 대학에서 연구와 수업에 참여했고 저녁에는 지역사회의 다양한 활동에 참여했으며 휴일에는 여행을 통해 미국의 자연과 역사를 직접 체험하려 노력했다. 그러나 무엇보다 절실했던 것은 영어였다.

교수로서 국제 사회와 소통하기 위해 영어는 피할 수 없는 현실이었다. 나는 아내와 함께, 대학촌에서 밤에 열리는 다양한 영어 회화 강좌에 꾸준히 참여했다. 그리고 커뮤니티 칼리지의 1년 과정 ESL 코스에도 등록했다. 이 과정은 주 2회 출석하는 수업으로 세계 여러 나라에서 온 외국인들이 영어 회화를 배우는 프로그램이었다. 멕시코와 브라질 등 라틴아메리카 출신 수강생들과 한국, 중국, 일본 등 아시아인들이 많았다. 야간 수업이었기에 수강생 대부분은 직장인이나 학생, 방문 교수들이었다. 특히 라틴아메리카 출신 수강생들 가운데는 생활전선에서 힘겹게 살아가는 이들이 적지 않았다.

1년간 꾸준히 수업을 들은 뒤 졸업식 시즌이 다가왔다. 졸업생 대표로 연설할 사람이 필요했지만 아무도 지원하지 않았다. 담임선생님 로라는 "최상급 반에서 누군가 맡아야 한다"라며 호소했지만 모두 부담스러워하며 피했다.

그때 내가 용기를 내어 손을 들었다. 조금은 두렵기도 했지만 기회를 잘 살리면 나 자신에게 큰 도움이 될 것으로 생각했다.

연설 준비는 쉽지 않았다. 어떤 내용으로 원고를 쓸지, 어떤 방식으로 전달해야 할지 모든 것이 부담이었다. 평소 친하게 지내던 이웃집 마이클·루피타 부부와 위스콘신 출신의 박사과정 조시·캐리 부부에게 원고 교정을 부탁했다. 그들과 함께 문장을 다듬고 표현을 고치며 미국식 어법과 말의 흐름에 맞추는 과정을 거쳤다.

연설 방식 또한 큰 고민거리였다. 담임선생님을 포함한 세 명의 미국인에게 각각 원고 녹음을 부탁해 발음과 억양, 인토네이션을 반복해 들으며 분석했다. 그리고 나의 발음을 녹음해 그들과 비교하면서 부족한 부분을 하나씩 고쳐 나갔다. 이 과정에서 영어에서는 발음보다 인토네이션이 더 중요하다는 사실을 실감했다.

매일 원고를 소리 내어 읽으며 청중을 떠올려 연습하다 보니 두려움은 점차 사라지고 자신감이 생겼다. 마침내 졸업식 날 수백 명이 모인 강당에서 나는 연단에 올랐다.

"그동안 우리는 커뮤니티칼리지에서 많은 것을 배우고 즐겼습니다. 비록 나는 오는 7월 한국으로 돌아가지만 ‘라리머 프론트레인지 커뮤니티칼리지’와 우리 반 친구들을 잊지 않을 것입니다. 그리고 여러분과 계속 연락하며 좋은 국제적 친구로 지내고 싶습니다. 나에게 이러한 기회를 제공해 준 커뮤니티칼리지와 여러 선생님께 다시 한번 진심으로 감사드립니다.”

처음에는 긴장으로 손에 땀이 났고 원고에 표시해 둔 인토네이션 표시도 잘 보이지 않았다. 그러나 중반을 지나면서 마음은 차분해졌고 준비한 대로 담담하게 진심을 담아 전달할 수 있었다.

“우리 모두 1년 동안 열심히 공부했기에 가족과 친구들 앞에서 당당한 자부심을 가질 만합니다. 우리 중 많은 사람은 낮에는 직장에서 일하고 밤에는 이곳 커뮤니티칼리지에서 공부했습니다. 이는 자녀들에게도 좋은 귀감이 될 것입니다. 나는 인생에서 가장 중요한 것은 노력이라고 생각합니다. 노력은 성공의 어머니입니다 (*Practice makes perfect!*). 우리도 열심히 연습하면 원어민처럼 될 수 있습니다. 우리 모두 언어의 장벽을 극복합시다. 우리는 할 수 있습니다.”

연설이 끝나자 청중은 큰 박수로 화답했다. 브라질에서 온 친구 모니카는 "당신이 나를 울렸어요"라며 웃으며 다가왔고 멕시코에서 온 안젤라는 "연설을 들으며 안경 너머로 눈물이 흘렀다. 한국에 가기 전에 우리 반 모두 함께 파티를 하자"고 제안했다. 그들의 반응에는 미국 사회에서 견뎌 온 고단한 삶과 각자의 감정이 고스란히 담겨 있는 듯했다.

지금 생각하면 그때 어디서 그런 용기가 나왔는지 알 수 없다. 누가 연설을 맡아도 완벽할 수 없는 상황에서 나름대로 최선을 다해 준비했고 그 과정에서 많은 것을 배웠다.

나는 가끔 강의 시간에 학생들에게 "자신의 발전을 위해서는 때로 스스로를 고난 속으로 밀어 넣는 용기가 필요하다"라고 말했다. 일을 저질러 놓으면 해결책을 찾기 위해 최선을 다하게 되고 그 과정에서 스스로 성장하게 된다는 뜻이다.

2001년 콜로라도에서의 1년은 내 인생에서 잊지 못할 많은 추억을 남겨주었다. 그때 사귀었던 이웃 중에 마이클·루피타 부부는 지금도 형제처럼 지내고 있고, 지역사회에서 연결해 준 또 다른 인연인 치과의사 데이비드·낸

시 부부는 한국의 우리 집에 방문해 며칠간 머물다 가기
도 했다.

데이비드·낸시와의 만남

콜로라도에 있을 때 어느 날 집으로 배달된 우편물 속에서 '인터내셔널 프렌드십(International Friendship)' 신청에 관한 안내문을 보았다. 전화기 다이얼을 돌리자 담당자가 무척 반기며 프로그램에 대한 설명과 함께 신청을 받았다. 몇 주 뒤 걸려온 전화에서는 우리에게 데이비드·낸시 부부를 연결해주겠다고 했다.

며칠 뒤 자신이 데이비드라고 소개하는 사람으로부터 전화가 왔고 며칠 후 우리가 사는 대학촌의 유니버시티 빌리지(UV)센터에서 음악회가 있는데 같이 가자고 했다. 어떤 행사인지 정확히 알지도 못한 채 일단 승낙했고 행사 당일 우리 집에서 만나기로 약속했다.

약속된 날 오후 집 앞에 차 한 대가 멈추었고 중년의 미국인 부부가 내렸다. 은발 머리를 말쑥하게 단장하고 콧수염을 가지런히 다듬은 신사와 차분하면서도 귀족적인 분위기의 숙녀였다.

데이비드는 포트 콜린스에서 약 20분 거리에 있는 러브랜드에 사는 치과 의사였다. 나이는 쉰아홉 살로 일주일에 사흘만 병원을 열며 은퇴 준비를 하고 있다고 했다. 간단히 인사를 나누고 집 근처의 UV센터로 갔다. 이 행사는 미국인과 외국인을 연결해 친구 관계를 맺도록 돕는 자리였다.

행사가 시작되자 사회자가 자신의 소개와 함께 서로 간의 어색한 분위기를 해소하는 아이스브레이킹으로 오프닝을 진행했다.

"키가 6피트인 사람을 세 명 찾으세요."

"미국에 체류한 지 5년 된 사람을 세 명 찾으세요."

"골프 취미를 가진 사람을 다섯 명 찾으세요."

이런 퀴즈에 이리저리 다니며 말을 주고받았고 조심스럽던 분위기가 한결 부드러워졌다.

간단한 워밍업이 끝나자 본격적인 음악회가 시작되었다. 콜로라도주립대 음악과 교수 두 명이 나와 시대별 대중가요를 직접 부르며 미국 음악의 발달사를 설명했다. 마치 우리나라에서 중년들을 대상으로 일제 이전과 일제강점기, 1960~70년대 가요를 소개하고 청중이 그 노래를 함께 따라 부르는 형식과 비슷했다.

행사를 마친 뒤 데이비드·낸시 부부와 함께 우리 집에서 커피를 마시며 여러 이야기를 나누었다. 그들은 미국에 살면서 궁금한 점이 있거나 도움이 필요하면 언제든지 전화하라고 했다.

데이비드는 미군 의무관으로 필리핀에서 약 5년간 근무한 경험이 있었지만 한국을 방문한 적은 없다고 했다. 그들은 크루즈 유람선을 타고 세계 곳곳을 여행한다는 이야기도 들려주었다. 직업이 치과 의사라 유람선 내 치과에서 하루 세 시간 정도 근무하면 무료로 승선할 수 있다고 했다. 조만간 우리 가족을 자기네 집으로 초대하겠다고 약속하며 헤어졌다.

첫 만남 이후 두 주쯤 지난 10월 21일 우리는 러브랜드에 있는 그들의 집에 초대받았다. 진입로에서는 단층이지만 앞쪽으로는 2층 구조인 집이었다. 집 앞에는 커다란 호수가 있었고 그 호수 주위로 아름다운 집들이 자리하고 있었다. 집 앞에서 호수까지는 넓은 잔디밭이 이어져 있었고 가을빛이 완연한 호수 주변에는 각양각색의 단풍이 어우러져 있었다. 멀리 서쪽 하늘 아래 로키산맥이 보였고 산 정상에는 하얗게 눈이 덮여 있었다.

석양에 은빛으로 반짝이는 호수에는 새들이 한가롭게 노닐고 있었고 집 앞에는 보트가 매어져 있었다. 날이 저물어 보트는 다음에 타기로 했다. 집 앞에 세워진 캠핑카는 부엌과 침실, 화장실까지 모두 갖춘 구조로 전기가 없는 곳에서도 사흘 정도는 배터리로 생활할 수 있다고 했다.

한 달여 뒤 그들을 우리 집에 초대한 날은 눈이 내렸다. 그들은 예쁜 꽃병에 꽃을 가득 꽂아 들고 왔다. 지난번에 우리가 선물했던 한 쌍의 원앙을 며느리에게 전했다며 다시 고맙다고 말했다. 그때 "한국에서는 원앙이 시어머니가 며느리에게 백년해로를 기원하며 주는 선물"이라고 했더니 실제로 그렇게 했다는 것이었다.

낸시는 고추장으로 양념한 불고기를 한 젓가락 먹더니 심하게 기침을 했다. 자극적인 음식에 알레르기가 있다며 연신 미안해했다. 달짝지근한 소고기 불고기를 준비했더라면 하고 아내가 아쉬워했다. 데이비드는 서툰 젓가락질로 자기 몫을 끝까지 먹고는 잘 먹었다며 인사를 건넸다. 다른 나라의 낯선 음식을 먹느라 애썼던 그 기억이 오래 남았을 것 같다.

우리는 미국에 머무는 동안 서로의 집을 자주 오가며 즐거운 만남을 이어 갔다. 골프장에도 함께 가고 로데오 경기 구경도 하며 깊은 우정을 쌓았다. 우리가 귀국하고 몇 해 뒤 이 부부는 한국의 우리 집을 방문해 며칠간 머물며 경주, 범어사, 해동용궁사, 광안대교 등 부산 일대를 둘러보았다. 그들은 한국, 특히 부산은 지금까지 방문한 항구 도시 중에서 가장 아름답다며 극찬을 아끼지 않았다.

개들의 천국

"한국에서는 개고기를 먹는다는 게 사실인가요?"

수잔이라는 미국인이 던진 질문이었다. 데이비드의 생일잔치에 초대받아 호숫가 테이블에 앉아 여러 손님과 디저트를 먹고 있을 때였다. 뜻밖의 질문에 나는 당황했다. 그녀는 데이비드의 이웃으로 1988년 서울 올림픽에 최연소 수영선수로 참가했던 경험이 있다고 했다.

"그건 예전에 아시아 여러 나라에 일부 존재했던 전통으로 지금은 거의 사라진 문화입니다."

순간적으로 튀어나온 대답이었다.

'인도인들은 소고기를 먹는 사람을 어떻게 생각할까. 무슬림들은 돼지고기를 먹는 일을 어떻게 받아들일까. 결국 모두 문화의 차이가 아닐까.'

이런 말이 목구멍까지 올라왔지만 삼켰다. 괜히 오해만 깊어질 것 같았기 때문이다. 사실 한국에서 나 역시 가끔 보신탕집에 가곤 했다.

그 무렵 내가 살던 집 앞 잔디밭에는 매일 야생 거위가 어슬렁거렸다. 새벽이면 먹이를 달라는 듯 우리 집 유리문을 부리로 톡톡 두드리기도 했다. 그중 한 마리를 집안으로 유인해 잡아볼까 하는 엉뚱한 생각도 잠시 스쳤지만 자칫하면 철창신세를 질 것이 분명해 포기했다.

한국에서 마당을 지키던 개를 보며 자라온 나로서는 미국인들의 개 사랑이 처음엔 꽤 낯설었다. 지금으로부터 25년 전의 일로, 그들은 아이와 개를 거의 동등하게 대하는 것처럼 보였다. 친자와 입양자, 이복자를 차별 없이 대하는 문화 속에서 개 역시 비슷한 대우를 받는 존재처럼 느껴졌다. 그런 그들에게 한국 사람이 개고기를 먹는다는 이야기는 쉽게 받아들이기 어려웠을 것이다.

그런데 우리나라에서도 마당을 지키던 개가 언제부턴가 '애완동물'이라는 이름으로 안방에 들어오더니 어느새 '반려동물'이라 불리며 말 그대로 개들의 천국이 되었다. 길에서 유모차를 들여다보면 아기 대신 강아지가 앉아 있는 모습도 낯설지 않다. 지인 중에는 반려견이 당뇨병으로 시력을 잃어가자 400만 원을 들여 수술을 받게 한 경우도 있었다. 강아지 화장터와 납골당이 생기고 유골함 가격이 수십만 원에 이른다는 이야기도 들린다.

요즘 한국에서 강아지를 괴롭혔다가는 형사 처벌을 피

하기 어렵다. 다른 야생동물도 사정은 비슷하다. 그러다 보니 새들조차 사람을 두려워하지 않고 고라니 같은 산짐 승도 사람을 보면 도망치기보다 멀뚱멀뚱 바라볼 뿐이다. 불과 몇 년 사이에 동물들의 습성이 이렇게까지 달라졌다 는 사실이 새삼 놀랍다.

내가 1년간 머물렀던 이스탄불은 오래전부터 개들의 천 국으로 알려진 도시다. 대로변 어디에서나 개들이 죽은 듯 엎드려 자고 있고 바닥에 등을 대고 네 다리를 하늘로 치 켜든 채 자는 개들도 흔했다. 처음에는 참으로 기이한 풍 경처럼 느껴졌다.

고양이도 마찬가지였다. 어느 날 아침 집 근처 공원을 산책하는데 고양이 한 마리가 "야옹, 야옹" 소리를 내며 다가왔다. 벤치에 앉자마자 녀석은 허락도 없이 내 품으로 파고들었다. 아무리 밀어내도 물러서지 않는 바람에 결국 내가 자리를 피해야 했다.

또 한 번은 복사를 하러 갔더니 고양이가 복사기 위에 앉아있었다. 주인은 고양이를 쫓지 않고 복사기 뚜껑을 비 집고 종이를 억지로 밀어 넣으며 복사를 했다.

이제는 동물이 인간보다 더 대접받는 시대가 된 것 같다 는 생각이 들 때도 있다.

"우리 집 권력 서열은 마누라, 딸, 강아지, 그리고 맨 마지막이 접니다."

어느 동료 교수가 농담처럼 했던 말이다. 어릴 적 내가 보고 자라온 세상과 지금의 모습은 너무도 다르다. 때로는 우습고 때로는 무섭기까지 하다.

서부의 밤, 로데오 경기

7월 4일은 미국의 독립기념일이다. 이를 기념하여 그릴리(Greeley)에서는 매년 일주일 동안 로데오 경기가 열린다. 그해에는 6월 27일부터 예선전이 시작되어 7월 4일에 결승전이 열렸다. 미국의 서부 개척 시대 분위기를 느낄 좋은 기회라며 데이비드·낸시 가족이 우리 가족을 초대해서 함께 구경을 갔다.

공연장에 들어서자 유명 그룹의 컨트리 음악 공연이 있었다. 한동안 공연을 즐기다가 시간이 넉넉해 주변의 갤러리를 둘러보고 경기 시간에 맞춰 로데오 경기장으로 갔다. 말을 탄 기수들이 성조기와 각 팀의 깃발을 앞세우고 입장했고, 국가 연주가 끝나자 본격적으로 종목별 로데오 결승전이 시작되었다.

첫 경기에서는 말의 허리에 맨 밧줄을 부여잡은 기수가 신호와 함께 몸을 낮추자 말이 허공으로 펄쩍펄쩍 뛰어올랐고 기수는 떨어지지 않기 위해 안간힘을 썼다. 십여 명의 경기가 이어진 뒤 다음 종목이 시작되었다. 도망치는 소를 말 탄 두 명의 기수가 뒤쫓아 가다 미끄러지듯 뛰어내려 소뿔을 붙잡고 재빨리 넘어뜨리는 경기였다. 출발에서 소를 제압하기까지 대개 6초 남짓밖에 걸리지 않았는데 놀라울 정도로 능수능란했다.

경기 중간 휴식 시간에는 여섯 마리 말이 끄는 마차 두 대가 경기장을 한 바퀴 돌며 관중의 흥을 돋웠다. 이어서 고삐 없이 안장에 앉은 채 펄쩍대는 말에서 8초 동안 버텨내는 경기가 있었는데 심판들이 기수의 자세와 균형 감각을 기준으로 점수를 매긴다고 했다. 경기의 룰을 잘 아는 데이비드는 새로운 경기가 있을 때마다 우리에게 설명을 잘해 주었다.

다음은 달아나는 송아지의 네 다리를 밧줄로 묶어 쓰러뜨리는 경기였다. 말을 타고 뒤쫓으며 던진 밧줄로 송아지의 목을 걸고 재빨리 뛰어내려 임무를 완수하는데 10초 안팎이면 끝났다. 죽어라 도망치는 송아지의 목에 실수 없이 밧줄을 걸고 넘어뜨리는 모습이 인상적이었다.

로데오 종목은 다양했다. 두 사람이 한 마리의 말에 같이 타고 뿔이 큰 소를 추격하다가 앞의 기수가 줄을 던져 올가미로 뒷다리를 걸면 뒤에 탄 기수가 재빨리 뿔을 잡고 쓰러뜨리고 함께 제압하는 경기도 있었다. 눈 깜짝할 사이에 밧줄로 뿔과 다리를 꽁꽁 동여매어 꼼짝하지 못하게 만들었다.

마지막은 등에 커다란 혹을 달고 있는 사나운 황소의 가슴에 묶은 한 가닥의 밧줄을 붙잡은 채 등에서 떨어지지 않고 오래 버티는 경기였다. 난폭한 황소가 기수를 바닥에 떨어뜨린 채 뿔로 들이받고 발로 밟아서 보는 이로 하여금 숨을 죽이게 했다. 출전을 위해 철창 안에서 황소의 등에 기수를 태우는데 수십 명이 달라붙었고, 사나운 황소는 철창을 들이받으며 거칠게 저항하고 있었다. 로데오 경기는 서부 개척 시대 버펄로 사냥을 재현하는 경기인 듯했다.

어른들과 달리 아이들은 더운 날씨에 경기가 오랫동안 이어지자 지루해했다. 저녁 일곱시 반에 시작한 경기는 밤 열한 시가 넘어서 끝이 났다.

경기장을 빠져나오자 낮에 한산하던 놀이 시설은 휘황찬란한 불을 밝히며 돌아가고 있었다. 데이비드는 앞서 했던 공 던지기에 두 번을 더 도전했지만 결국 실패했고, 초등학생이던 아들은 접시 깨기에서 공 세 개로 접시 두 개를 맞힌 선물로 인형을 받고 좋아했다.

놀이 시설 앞에서 데이비드의 지인 가족을 만났다. 우리를 알아보고 한국으로 돌아갈 준비는 잘 되고 있느냐고 물었다. 데이비드의 치과에서 일을 도와주는 분이었다. 그

부인은 자신의 큰딸 할머니가 한국 사람이라고 했다. 무슨 말인가 했더니 전남편이 한국인이었다는 뜻이었다.

밤늦게 우리는 데이비드의 집까지 함께 갔다가 인사를 나누고 돌아왔다. 쉽게 접하기 어려운 로데오 경기를 직접 구경하는 의미 있는 하루였다.

승마 코치의 졸도 사건

노스캐롤라이나주 랄리에 있을 때의 일이다. 승마를 배워보기로 하고 아내와 함께 트리톤 승마학교를 찾아갔다. 승마장은 우리 집에서 차로 20분쯤 떨어진 한적한 산자락에 자리 잡고 있었다. 우리를 지도해 줄 코치는 여든을 훌쩍 넘긴 할머니였다. 젊고 날렵한 코치를 기대했는데 솔직히 약간 실망이었다. 초보자는 승마장의 주인인 그분이 가르치고 중급부터는 다른 코치가 가르친다고 설명했다.

할머니는 말의 털을 정성스레 손질하고 안장과 마구를 채운 뒤 우리를 승마장으로 인도했다. 기본적인 설명이 있을 거라 기대했는데 바로 말에 올라타라고 해서 약간 당황스러웠다. 안장에 앉아서 고삐를 잡고 자세를 취하자 할머니는 또 다른 긴 고삐로 멀찍이서 말을 조종했다. 말이 뚜벅뚜벅 원을 그리며 걷는 동안 자세를 하나하나 바로잡아 주었다.

속보인 트롯(Trot)으로 말이 움직이자 보조에 맞춰 기마 자세에서 섰다 앉기를 반복하라고 했다. 아무 기술도 없는 상태에서 그 동작을 반복하자 아랫도리가 눌려서 견디기 힘들었다. 할머니께 조심스레 말씀드리자, 승마할 때는 몸에 꼭 맞는 속옷을 입는 것이 중요하다고 조언해 주었다.

며칠 뒤에는 중학생 아들과 함께 다시 승마장을 찾았다. 그제야 승마장의 규모가 상당히 크다는 사실이 눈에 들어왔다. 산기슭 곳곳에 울타리로 둘러싸인 목장들이 있었고 말들은 한가롭게 풀을 뜯고 있었다. 일요일이어서 그런지 주변은 고요했다.

할머니는 목장에서 말 두 마리를 끌고 내려왔다. 안장과 마구를 채우기 전에는 언제나 털을 빗기고 솔질부터 했는데 그것이 말에 대한 배려라고 했다. 말은 지능이 높고 예민한 동물이라 사람과의 교감이 중요하다는 설명도 덧붙였다.

우리는 각각 말 한 필씩을 끌고 승마장으로 향했다. 나는 혼자 탔고 승마가 처음인 아들은 할머니가 직접 지도했다. 이번에도 할머니는 긴 고삐로 원을 그리며 수업을 진행했다.

수업을 시작한 지 십 분도 채 지나지 않았을 때였다. 할머니가 나에게 무언가 말을 하려는 것 같았지만 잘 들리지 않아 가까이 다가갔다. 잠시 한눈을 판 사이 할머니가 고삐를 잡은 채 바닥에 엎드려 있는 것이 보였다. 처음에는 독특한 지도 방식인 줄 알았는데 한동안 움직임이 없다는 사실을 깨닫고 응급 상황임을 직감했다.

급히 말에서 뛰어내려 할머니에게 달려갔다. 아들에게 물어도 무슨 일인지 모르겠다고 했다. 할머니는 고개를 약간 든 채 눈을 뜨고 있었지만 말을 하지 못했다. 아들에게 빨리 할머니를 업혀 달라고 했다. 할머니가 졸도한 것이 분명했다.

그늘을 찾아 마구간 뒤 탁자에 할머니를 눕혔다. 내 무릎을 베개 삼아 머리를 받치고 상태를 살폈다. 할머니의 아들에게 전화를 시도했지만 휴대전화 신호가 잡히지 않았다. 주변에 도움을 요청할 사람이 아무도 없어 막막했다. 아들에게 휴대폰을 전해주며 언덕 위 높은 곳으로 올라가 신호가 잡히는지 확인하라고 했다.

잠시 뒤 아들은 찰스라는 흑인 남성과 함께 내려왔고 그는 911에 신고했다.

할머니가 키우던 여섯 마리 강아지들도 상황을 알아챈 듯 번갈아 할머니의 얼굴을 핥았다. 어떤 강아지는 할머니의 다리 사이로 파고들어 몸을 비볐고 할머니는 의식을 잃은 채 천천히 눈을 감고 뜨기를 반복하며 내 손목을 살

며시 붙잡고 있었다.

내 무릎 위에 누워 있는 할머니를 내려다보니 십여 년 전 세상을 떠난 어머니 모습이 떠올랐다. 나는 친어머니를 돌보듯 할머니를 보살폈다. 얼굴에 앉는 파리를 쫓아내고 손으로 얼굴을 어루만지며 마사지를 했다.

잠시 후 여러 명의 구조대원과 함께 구급차가 도착했다. 혈압과 맥박을 재고 심전도계를 연결해 건강 상태를 확인했다. 말을 걸어 보았지만 반응은 없었다. 응급 처치를 마친 구조대는 할머니를 들것에 실어 구급차에 옮긴 뒤 병원으로 이송했다. 우리는 말을 마구간에 돌려보내고 집으로 돌아왔다. 집에 돌아온 뒤에도 할머니의 모습이 머릿속에서 떠나지 않았다.

약 한 달 뒤 맥도널드 매장에서 우연히 할머니의 아들을 만났다. 할머니의 안부를 묻자 사고 기억이 전혀 없다고 했다. 일사병으로 쓰러진 것이라고 했다. 자신은 사고가 있던 날 승마대회에 참가하고 있었다고 했다.

할머니의 연세는 여든다섯으로 노스캐롤라이나 더럼(Durham)에 있는 듀크대학 출신이라고 알려주었다. 그는 할머니의 막내로 나와 동갑이었다. 여든이 넘은 나이에도 말을 타고 승마를 가르치던 할머니가 참으로 복이 많은 분이라는 생각이 들었다.

그날 이후 우리는 다시 승마장을 찾지 못했다. 나의 짧은 승마 경험도 그렇게 끝이 났다. 한국에 돌아와 언젠가 다시 배우고 싶다는 생각을 여러 번 했지만 그로부터 십칠 년이 지난 지금까지 여건이 허락하지 않아 한 번도 시도해 보지 못했다.

키도 작고 몸집도 자그마해 나의 어머니를 닮았던 그 할머니의 안부가 궁금하다.

<컨트리 로드>와 블루리지 마운틴

'올모스트 헤븐, 웨스트버지니아, 블루리지 마운틴, 셰난도아 리버.'

존 덴버의 노래 〈Take Me Home, Country Roads〉의 첫 구절이다. 아름다운 자연 속 고향을 그리워하며 그곳으로 돌아가고 싶은 마음을 담은 노래로, 나는 이 노래를 들을 때마다 고향 황매산 자락을 연상하며 향수에 젖곤 한다.

2008년 10월 말 가족들과 함께 이 노래 가사에 나오는 블루리지(Blue Ridge) 마운틴을 찾았다. 이 산맥은 미국 동부 조지아주에서 펜실베이니아주까지 이어지는데, 나뭇잎에서 방출되는 기체가 대기 중에 산란하면서 내는 푸른빛 때문에 이런 이름이 붙여졌다. 셰난도아는 버지니아주에서 웨스트버지니아주로 흐르는 강으로 미국 원주민 언어로 '아름다운 별의 딸' 또는 '하늘의 딸'이라는 뜻을 지닌 말이다. 하늘 아래 첫 동네의 정감이 느껴지는 이름이다.

산맥의 중심부에 자리한 그레이트 스모키 마운틴은 미국의 국립공원 중 방문객 수가 가장 많은 곳으로 이름났는데, 내가 살던 랄리에서 멀지 않은 곳에 있었다.

새벽어둠을 헤치고 가족들과 여행길에 올랐다. 잠이 덜 깬 아이들은 베개와 이불을 덮고 차 안에서 잠이 들었다. 세 시간 정도를 달리자 단풍이 아름답게 물든 공원이 나타났다. 아이들을 깨워 피크닉 테이블에서 미리 준비한 아침 식사를 했다. 미국에는 어디를 가나 피크닉 테이블이 많아 자연과 함께 즐길 수 있는 분위기가 잘 갖춰져 있다.

그레이트 스모키 마운틴으로 가는 길목에서 침니 록(Chimney Rock)을 먼저 들르기로 했다. 큰 암벽 앞에 기이하게 솟은 바위가 눈길을 끌었다.

"한국 사람이라면 아마 저 바위를 남근바위라고 지었을 거야."

아내에게 농담을 건네자 옆에 있던 아들이 쑥스러워했다. 해발 685미터 지점에 약 96미터 높이로 수직으로 솟은 커다란 화강암 바위 꼭대기에 덮개처럼 바위가 얹혀 있었는데, 점잖게도 '굴뚝바위'라 이름이 붙어 있었다. 엄청난 규모의 바위 내부에는 유료 엘리베이터가 설치돼 있었다. 걸어서 올라갈 수도 있었지만 시간 절약을 위해 엘리베이터를 이용했는데, 뻥 뚫린 전망이 일품이었다. 자연적으로 형성된 거대한 바위의 모습이 참으로 요상해 신기했다.

그레이트 스모키 마운틴 입구에 들어서자 체로키 인디언 마을이 나타났다. 체로키 인디언들의 전통 생활 터전으로 서부 개척시대 애팔래치아 산간 문화의 중심지로 인디언 마을보다 백인 상점들이 더 눈에 띄었고, 체로키 인디언들의 역사는 박물관에서만 볼 수 있었다. 다행히 날씨가 맑아 그레이트 스모키 마운틴 정상에서 노스캐롤라이나주와 테네시주 양쪽으로 겹겹이 이어진 산들의 모습을 내려다 볼 수 있었다.

산을 넘어 비지팅 센터를 지나자 블루리지 파크웨이 입구가 나타났다. 거기서부터 블루리지산맥의 능선을 따라 수백 킬로미터나 이어지는 도로는 아름다운 단풍으로 이름난 시닉 드라이브 코스였다. 산속으로 난 왕복 2차선 도로에는 관광객 차량이 많았지만 교통 체증은 없었다. 온 산이 단풍으로 물들어 황홀한 분위기였고 곳곳에 작은 주차장이 마련돼 있어 마음껏 경치를 감상할 수 있었다.

'올모스트 헤븐, 웨스트버지니아, 블루리지 마운틴~.'

　오색 단풍이 아름답게 물든 블루리지 마운틴 파크웨이를 달리자 나도 모르게 이 노래를 흥얼거렸다.

　인간의 관념이란 참으로 신기하다는 생각이 들었다. 비슷한 산이라도 내가 좋아하는 팝송의 배경이라 여기니 큰 만족감과 함께 성취감이 밀려왔다.

아일라의 추억

"여보, 나 셀리미예 자미에 조문 다녀올게!"

"당신이 거기에 뭐 하러 가요?"

아내의 핀잔을 뒤로한 채 베식타시 여객선 터미널에서 배를 타고 위스퀴다르로 건너갔다.

이스탄불은 보스포루스 해협을 사이에 두고 아시아와 유럽으로 나뉜다. 세 개의 대교 위로는 버스가 오가고 바다 위로는 여객선이 쉼 없이 오간다. 시내버스와 동일 요금인 배편은 십여 분 만에 두 대륙을 이어 주어 많은 사람이 이용한다. 700미터 남짓한 좁은 해협은 흑해 연안 국가에서 대양으로 나가는 유일한 관문이다. 몽트뢰 조약 덕분에 민간 선박과 순양함급 이하의 군함은 자유롭게 드나들고 잠수함은 부상한 상태로 통과해야 한다.

2017년, 한 해 동안 이스탄불의 바흐체세히르 대학에서 교환교수로 지냈다. 티그리스강과 유프라테스강이 발원하는 이 땅은 메소포타미아 문명의 흔적에서부터 고대 그리스와 로마 동로마, 오스만제국에 이르기까지 다채로운 역사를 품고 있어 오래전부터 동경하던 곳이었다. 학생들을 가르치며 정을 나눴고 아랍권 유학생들과도 교류하며 그들의 역사와 현실을 듣는 일 또한 흥미로웠다.

그해 12월 8일 영화 『아일라』 속 실제 인물인 술레이만 딜빌리릴리의 장례식이 위스퀴다르 지역의 셀리미예 자미에서 열렸다. 그와 65년간 해로한 부인 네메트 여사도 같은 날 세상을 떠나 두 사람의 합동 장례식이 튀르키예 참전용사협회 주관으로 거행되었다.

술레이만은 한국전쟁에 참전해 포화 속에서 부모를 잃은 다섯 살 소녀를 구했다. 그는 아이를 '달처럼 둥글다'는 뜻의 '아일라'라 부르며 친딸처럼 돌봤으나 귀국 명령으로 생이별해야 했다. 전쟁이 끝난 뒤 백방으로 아이를 찾았지만 끝내 실패했고 마침내 2010년 한국전 참전용사 기념사업회의 도움으로 60년 만에 극적으로 재회했다.

내가 이스탄불에 머물던 시기에 바로 그 이야기를 바탕으로 한 영화 『아일라』가 개봉되었다. 한국에서는 큰 반향을 얻지 못했지만 이스탄불에서는 기록적인 흥행을 거두었다. 특히 어린 아일라를 나무 궤짝에 숨겨 데려가려다 실패하는 귀국 장면이 실제 있었던 일이라는 사실은 더욱 놀라웠다.

개봉 첫날 학생들은 함께 극장에 가자며 나를 재촉했다. 자막도 없는 현지 영화였지만 모티브가 된 춘천 MBC 다큐멘터리를 본 적이 있어 대강의 줄거리는 이해할 수 있었다.

"교수님, 이 영화 정말 멋지지 않아요?"

한 학생이 감동에 찬 눈빛으로 말했다.

"아카데미상을 받았으면 좋겠어요."

다른 학생은 한술 더 떠 이렇게 덧붙였다. 그들의 말에는 한때 자신들의 나라가 대한민국을 지켜냈다는 자긍심이 배어 있었다. 고인은 세상을 떠나기 두 달 전 실제 아일라 김은자 씨와 함께 시사회에 참석해 영화를 직접 보았다고 한다. 튀르키예 영화관에서는 또 하나 낯선 경험도 했다. 두 시간짜리 영화 상영 사이에 있는 십 분간의 휴식 시간이었다. 흐름이 끊길 것 같았지만 이것 또한 이곳의 영화관 문화이니 흥미로웠다.

장례 소식을 인터넷 기사로 접한 다음 날 나는 셀리미예 자미를 찾았다. 늦은 오후라 인적은 드물었는데 관리인이 다가와 낯선 이방인에게 미소 지으며 차 한 잔을 권했다. 튀르키예 사람들은 한국인들에게 유난히 우호적이었다.

"한국에서 왔습니다. 술레이만의 장례에 조문하고 싶습니다."

그는 어디론가 전화를 걸더니 말했다.

"묘지는 여기서 2킬로 정도 떨어진 카라자 아흐멧 공원 묘지에 있습니다. 곧 문을 닫을 시간이니 내일 다시 오시는 게 좋겠습니다."

위치를 확인할 겸 그가 적어준 주소로 찾아갔다. 관리인에게 사정을 설명하자 그는 열쇠 꾸러미를 들고나와 공원의 육중한 철문을 열었다. 일과시간이 지났음에도 자신의 차로 공원 깊숙이 있는 고인의 묘지까지 직접 안내해 주었다. 그 일대는 참전용사들의 묘역이라고 했다.

무슬림들은 사망하면 지하 1~1.2미터 깊이에 매장하며 머리는 발보다 약간 높게 하고 얼굴은 메카를 향하도록 안치한다. 그리고 무덤 앞에는 이름과 생존 연도를 적은 작은 비석 하나를 세운다.

술레이만의 무덤 앞에는 튀르키예 대통령과 국무총리의 화환이 나란히 놓여있었다. 나는 잠시 묵념한 뒤 조용히 "테세퀴르 에데림(감사합니다)"이라고 말했다.

내가 굳이 그의 묘지를 찾아간 이유는 두 가지였다. 하나는 한국전쟁에 참전해 많은 희생을 치른 그들에게 고마운 마음을 전하고 싶었기 때문이고 다른 하나는 무슬림의 장례 문화를 직접 보고 싶었기 때문이었다. 나의 작은 발

걸음이 우리나라 이미지에 조금이나마 보탬이 되었기를
바라는 마음도 있었다.

한국전쟁에 튀르키예는 미국 영국 캐나다에 이어 네 번
째로 많은 1만 4천여 명의 병력을 파병했고 741명이 전사
했다. 무슬림 병사들은 전장에서 죽음을 신성하게 여기며
누구보다 용감하게 싸웠다. 전쟁 중에도 수원에 '앙카라
고아원'을 세워 부모를 잃은 아이들을 돌보았다. 앙카라의
서울공원에는 한국전 전사자 위령비가 서 있고 서울 강남
에도 '앙카라 공원'이 자리하고 있다.

튀르키예 사람들은 한국인을 만나면 어디서든 "형제의
나라"라며 반긴다. 터키족과 우리의 기원이 중앙아시아
알타이 지역에서 이어졌다는 설도 있지만 현지인들에게
물어보면 대부분 2002년 월드컵 3·4위전에서 우리가 거
대한 튀르키예 국기를 흔들며 응원했던 일을 더 큰 이유
로 꼽는다.

해가 지자 위스퀴다르 선창가의 흐리마흐 술탄 자미가
조명에 물들었다. 첨탑에서 울려 퍼지는 하루 다섯 번의
아잔 소리는 이곳이 이슬람 국가임을 실감하게 한다. 어둠
속 보스포루스 대교와 건물들의 불빛이 파도에 반사되어
먼 타국의 길손에게 한 폭의 추상화를 선물했다. 해협 건

너편으로 아야 소피아, 블루 모스크, 술탄 술레이만 자미,
돌마바흐체 궁전, 골든 혼 등 이스탄불 역사지구의 실루엣
이 나그네의 감성을 자극했다. 고대 그리스의 식민지 비잔
티움에서 로마의 콘스탄티노플 오스만제국의 이스탄불로
이어져 온 역사의 현장을 바라보며 한동안 상념에 잠겼다.

새벽의 북소리,
라마단의 추억

이스탄불에서 살던 어느 날 새벽 두 시쯤이었다.

"두구두둥둥~, 두구두둥둥~."

적막을 깨뜨리며 어딘가에서 북소리가 들려왔다. 한밤중에 누군가 북을 치며 돌아다닌다는 사실이 의아했다. 그날 이후로도 매일 비슷한 시각이 되면 어김없이 같은 소리가 들려왔다. 호기심에 창밖을 내다보니 깊은 밤 모두가 잠든 거리를 검은 치마와 히잡 차림의 한 남자가 북을 치며 돌아다니고 있었다. '미쳐도 작게는 안 미친 사람이구나' 하는 생각이 들었다.

며칠 뒤 대학의 동료 교수에게 그 이야기를 했더니 뜻밖의 설명이 돌아왔다. 라마단 기간에 새벽 식사(Suhur) 시간을 알리기 위해 '라마단 드러머(Ramadan drummer)'라 불리는 사람이 동네를 돌며 북을 친다는 것이다. 동 단위로 지원자를 받아 한 명을 선정하고, 라마단이 끝난 뒤에는 집집마다 돌아다니며 수고비를 받는다고 했다. 이란 출신인 그는 라마단에 대해 자세한 이야기를 들려주었다.

라마단은 이슬람력 9월로 무슬림들은 이 기간 동이 틀 무렵부터 해가 완전히 질 때까지 금식한다. 물 한 모금조차 허용되지 않으며 금욕을 지키고 흡연도 해서는 안 된다. 이를 어겼다고 법적 처벌을 받는 것은 아니지만 종교적 양심에 따라 스스로 두 배의 기간 금식을 하거나 기부로 속죄하기도 한다고 했다.

이슬람력은 달의 운행만을 기준으로 하는 순수 태음력으로 윤달이 없어 매년 약 열하루씩 앞당겨진다. 태양력은 1년이 365일이지만 태음력은 354일이기 때문에 그 차이가 생긴다. 그래서 라마단은 계절과 관계없이 해마다 다른 시기에 찾아오는데 낮이 긴 한여름에 라마단이 오면 금식의 고통도 훨씬 커진다고 한다. 그는 또 이슬람력이 622년 헤지라(Hijra)를 기원으로 삼아 달의 움직임을 기준으로 지금까지 이어지고 있다는 설명도 덧붙였다.

라마단 금식은 스스로 배고픔을 참으면서 가난한 이들의 처지를 이해하고 욕망을 절제함으로써 영혼을 정화한다는 의미를 지닌다. 이 기간에 무슬림들은 남을 비난하거나 부정적인 생각조차 경계한다. 금식하더라도 일은 평소처럼 해야 하는데 육체노동을 하는 사람도 마찬가지라고

한다. 다만 환자나 노약자, 외국인 등은 예외가 인정된다
고 했다.

라마단 기간이 되면 밤마다 음식점 앞에는 긴 줄이 늘어
선다. 모스크에서 울려 퍼지는 아잔 소리와 동시에 금식이
끝나기 때문에 사람들은 주린 배를 채우기 위해 서둘러
식당으로 향한다. 해가 뜨고 지는 시각은 지역에 따라 달
라 같은 나라 안에서도 금식 시간이 몇 분씩 차이가 난다.
그래서 라마단 기간에는 TV에서 지역별 일출과 일몰 시
각을 알려준다.

그해 라마단은 낮의 길이가 가장 긴 양력 6월에 있었다.
이스탄불에서는 새벽 세 시 무렵 식사를 하고 저녁 여덟
시 사십 분까지 금식해야 했다. 하루 이틀도 아니고 한 달
내내 그렇게 지내야 한다니 그들의 고통이 결코 가볍지
않을 것 같았다.

어느 날, 북지기가 북채를 들고 우리 집을 찾아와 북을
치는 시늉을 하며 돈을 요구했다. 말을 알아들을 수는 없
었지만 전에 들었던 이야기가 떠올라 지폐를 건넸다. 며
칠 뒤에는 집 앞 도로에서 북소리와 함께 태평소 소리가
들려왔다. 창밖을 보니 그 북지기가 태평소를 불고 있었고
부인은 북을 치고 있었다. 주민들은 아파트 베란다와 창문

을 통해 밖을 내다보며 지폐를 던졌다. 미처 챙기지 못한 집들에서 추가로 수고비를 받는 과정이었다. 이날은 라마단 바이람이 시작되는 날이었다.

라마단 바이람은 라마단이 끝난 뒤 사흘간 이어지는 무슬림 최대의 명절이다. 이 기간에는 우리나라의 설날처럼 가족과 친지들이 함께 모여 풍성한 음식을 나누며 시간을 보낸다. 대부분의 상점도 문을 닫는다.

2017년 한 해 동안 이스탄불에 머물며 현지인들과 교류하고 그들의 문화를 가까이에서 접할 수 있었던 것은 내 인생에서 참으로 뜻깊은 경험이었다. 새벽에 잠을 깨우던 북소리도 하루에 다섯 번씩 들려오던 아잔 소리도 모두 그들의 오랜 전통이라 생각하니 낯설기보다 따뜻하게 다가왔다.

위조지폐 제조기

터키 이스탄불에 있을 때의 일이다. 대학에 다니던 아들이 여름방학을 맞아 방문했다. 머무를 시간이 많지 않았던 아들에게 이집트 여행을 권했다. 이집트는 이스탄불에서 비행기로 두 시간 남짓 걸리는 곳이다. 몇 달 전 우리가 다녀왔던 이야기를 들려주자 그는 망설임 없이 승낙했다.

이틀 뒤 이집트로 출발하는 아들을 배웅하고 돌아오는 공항버스에서 옆자리에 귀여운 인상의 젊은 흑인이 앉았다. 그는 프랑스 파리에 살며 휴가차 터키에 왔다고 했다. 버스에서 내릴 즈음 그가 내 와츠앱(WhatsApp) 번호를 물었다. 세계 여러 나라에서 사용하는 메신저이니 서로 도움이 될 수도 있겠다 싶어 번호를 교환했다.

며칠 뒤 그에게서 문자가 와서 한번 만나자고 했다. 나는 혼자 돌무쉬를 타고 탁심으로 향했다. 돌무쉬는 버스가 다니지 않는 지역을 오가는 9인승 승합차로 택시처럼 이용하지만 요금이 저렴한 교통수단이다.

탁심은 이스탄불에서 가장 큰 광장이다. 내국인과 외국인, 난민이 뒤섞여 늘 붐비는 곳으로 우범 지역이라 항상 긴장하게 된다. 그를 만나 길거리 카페에서 커피를 마셨다. 프랑스의 바캉스 시즌이라 그는 한 달 동안 터키에 머물고 있다고 했다.

"한 달 여행을 하려면 6개월을 벌어서 다 쓰는 것 아닌가요?"

해외에서 그렇게 긴 휴가를 즐길 만큼 넉넉해 보이지 않아 물었다.

"프랑스 사람들은 여름이면 한 달쯤 휴가를 가요."

그는 온두라스 출신으로 스물두 살 때부터 14년째 파리에서 살고 있다고 했다.

"온두라스는 어떤 나라인가요?"

"너무 가난해서 저는 온두라스를 싫어합니다."

남미와 중미 여러 나라 이야기를 꺼내도 그의 대답은 시원하지 않았고 계속 담배만 피워댔다. 그러면서도 나에게 하고 싶은 이야기가 있는 눈치였다. 두어 시간 이야기를 나누어도 별다른 흥미를 느끼지 못해 자리를 뜨려 하자 그가 스마트폰 화면을 내밀었다. 화면에는 위조지폐를 제조하는 기계의 동영상이 재생되고 있었다.

"파리에 있는 친구가 돈 만드는 종이를 많이 확보했어요. 기계에 종이를 넣으면 진짜와 똑같이 복사됩니다. 이 비즈니스로 꽤 재미를 보고 있어요."

그는 내 표정을 살피며 말을 이었다. 나는 담담하게 작별 인사를 건넸다. 그러자 그는 조만간 다시 만나 이야기를 하자고 했다. 위조지폐 일에 나를 끌어들이려는 의도로 느껴져 나는 단호하게 말했다.

"살면서 돈이 중요한 건 사실이지만 생활하고 자식 교육할 만큼이면 충분합니다. 나는 남을 속이거나 불법을 저지르면서까지 많은 돈을 갖고 싶지 않습니다."

내 반응이 부정적이자 그의 안색이 어두워졌지만 나는 말을 이어갔다.

"부자가 아니어도 남을 돕는 사람이 되면 좋겠습니다. 행복을 위해서는 맑은 영혼을 지녀야 합니다."

나는 분명하게 의사를 밝히고 자리를 떠났다. 그는 다소 실망한 표정이었다. 그 청년의 얼굴은 순수해 보였는데 왜 나에게 그런 접근을 했는지 지금도 궁금하다.

한동안 캄보디아에서 일어난 사기 범죄 소식을 들을 때마다 그날 위조지폐 제조기로 나에게 접근했던 그 청년의 얼굴이 떠오르곤 했다.

세 번의 소매치기

2001년 미국 콜로라도에 있을 때, 방학을 이용해 가족들과 멕시코로 배낭여행을 갔다가 지하철에서 소매치기를 만났다. 멕시코시티에서 칸쿤행 비행기를 타기 위해 공항으로 가던 길이었다. 소깔로 역에서 지하철을 타는데 깔끔하게 선교사 복장을 한 청년 세 사람이 우리와 함께 탔다. 지하철은 그다지 붐비지 않았고 빈 좌석이 하나 있었다. 우리와 같은 역에서 탄 젊은이 중 하나가 중학생이던 딸에게 자리를 양보했다. 고마운 마음이 들었다. 한 정거장을 지나자 빈자리가 두 개 더 생겼고 아내와 아들이 자리에 앉았다.

아내가 나의 가방을 받아주려 하는데 딸에게 자리를 양보했던 그 청년이 나를 막고 서 있었다. '조금만 비켜주면 될 텐데' 하는 생각이 들었다.

뒤쪽으로 돌아 다시 가방을 건네려는데 그가 또 나를 막아섰다. 그 순간 그는 알아들을 수 없는 소리로 동료들에게 신호를 보내는 듯했다. 두 사람이 몸으로 나를 슬쩍 미는 순간 뒤에서 누군가의 손이 내 바지 주머니 안으로 파고드는 느낌이 전해졌다. 그 순간 소매치기라는 생각에 나는 왼쪽 주머니의 지갑과 오른쪽 주머니의 카메라를 바지 바깥에서 동시에 움켜쥐며 "아-!" 하고 소리를 질렀다. 그 광경을 본 아내도 비명을 지르며 자리에서 벌떡 일어났다. 두 사람이 양옆에서 나를 밀면서 신경을 분산시키고 세 번째 일행이 그 틈을 노려 내 바지 주머니의 지갑을 빼내고 있었던 것이다.

그가 잡은 지갑은 내 호주머니에서 절반가량 빠져나와 있었지만 나는 주머니 밖에서 그것을 꽉 움켜쥐었다. 그러자 그들은 아무 일도 없었다는 듯이 멀뚱멀뚱 서 있었고 사람들의 시선은 우리에게 집중되고 있었다. 조금만 늦었어도 그 지갑은 그들의 손에 넘어갔을 것이다. 멕시코시티에서는 지갑을 주머니에 넣지 말라는 경고를 수없이 들었는데 며칠 동안 아무 일이 없어서 경계심이 풀려 있었던 것이다. 그들은 처음부터 우리를 목표로 삼아 지하철까지 따라온 것 같았다.

2017년에는 아내와 네덜란드 암스테르담에서 벨기에 브뤼셀로 향하는 열차 안에서 캐논 DSLR 카메라와 여러 개의 광학렌즈를 통째로 소매치기당한 일이 있었다. 헤이 그에서 이준 열사 기념관을 방문한 후 브뤼셀행 열차에 올랐다. 우리가 앉은 머리 위 선반에 캐논 5D 카메라와 광학렌즈 몇 개가 든 백팩을 올려놓았다. 잠시 후 키 큰 여성 세 명이 떠들썩하게 들어오더니 자신들이 가져온 요가 매트를 선반에 억지로 쑤셔 넣었다. 열차가 널찍한데 굳이 우리 자리 위에 억지로 짐을 올리는 것이 의아했다. 그들 셋은 열차가 달리는 내내 내 옆에 서서 시끄럽게 떠들다가 다음 역에서 내렸다. 그 순간 고개를 들어보니 선반 위의 백팩이 사라지고 없었다. 깜짝 놀라 의자 위에 올라가 선반을 뒤졌지만 아무 소용이 없었다. 조금 전 시끄럽게 떠들던 세 명의 여자가 범인임을 직감했다. 그들이 요가 매트를 일부러 쑤셔 넣은 이유가 내 가방의 내용물을 확인하기 위한 행동이었음을 그때에야 깨달았다.

열차 승무원에게 하소연하니 브뤼셀 남역에 가서 경찰에 신고하라고 했다. 열차에서 내려 열차 승무원이 일러주는 대로 남역으로 갔더니 또다시 브뤼셀 중앙경찰서로 가야 한다고 했다. 밤늦게 브뤼셀 중앙경찰서를 찾아가니 범인을 찾아주기는커녕 분실 확인서를 적어줄 테니 여행자보험에서 청구하라는 말을 했다. 우리는 여행자보험에 가입하지 않아서 허사로 돌아갔다. 중동 난민들이 유럽에 들어간 이후 소매치기가 유난히 더 많아졌다고 했다. '내 손에서 떨어진 것은 내 것이 아니다'라는 말을 수도 없이 들었지만 설마 하는 마음에 방심했던 것이 문제였다.

2020년 1월, 코로나 팬데믹이 시작되기 직전에 이탈리아 여행에서 아내의 핸드백을 통째로 소매치기당하면서 여권까지 분실했던 일도 떠오른다.

홍콩 공항에서 환승한 뒤 밤새 열두 시간 비행기를 타고 새벽에 밀라노 말펜사 공항에 도착했다. 몸이 몹시 피곤했고 정신도 혼미했다. 공항에서 열차를 타고 30여 분을 달려 밀라노 중앙역에 도착한 뒤 다빈치의 '최후의 만찬' 벽화와 밀라노 대성당을 둘러보고 저녁에 베네치아로 이동할 계획이었다.

캐리어를 역의 유료 짐 보관소에 맡기고 필요한 물품만 나의 백팩에 넣었다. 아내의 핸드백이 무거워 보여 백팩에 넣으라고 했지만 아내는 위험하다며 거절했다.

"두 사람이나 있는데 지퍼 잠근 가방을 누가 열겠어?"

피곤했던 아내는 결국 핸드백을 내 백팩에 넣고 지퍼를 잠갔다. 최후의 만찬 벽화가 있는 성당으로 가기 위해 밀라노역 지하철을 찾아갔다. 자동발매기로 승차권을 사려는데 곁에서 한 청년이 호기심 어린 눈길로 지켜보고 있었다.

표를 사고 돌아서는 순간 아내가 내 가슴에 커피가 쏟아 졌다며 닦아주려 하다가 깜짝 놀라며 소리쳤다.

“어! 가방이 열렸네. 내 핸드백!”

순식간에 소매치기가 내 등에 있는 가방을 열어 아내의 핸드백을 통째로 훔쳐 간 것이었다. 그 안에 현금은 없었지만 여권이 들어 있어 상황은 심각했다. 자동발매기 옆에서 지켜보던 사람도 우리의 관심을 돌리기 위한 소매치기 일당 중 한 명이었을 것이다. 커피를 쏟은 것도 그들이 나를 일부러 밀었기 때문이었다. 허둥지둥 가방을 찾으려 주위를 둘러보고 있는데 옆에 있던 젊은이가 말했다.

“위 1층에 올라가면 경찰이 있습니다.”

그의 말을 믿고 역사의 파출소로 갔더니 비슷한 피해자가 끊임없이 들어오고 있었다. 곰곰이 생각하니 위층으로 가라고 했던 그 사람 역시 소매치기 일당이었을지 모른다는 생각이 들었다. 신고를 위해 기다리는 사람은 많았는지만 경찰의 처리 속도가 지나치게 느렸다. 한 사람이 사무실에 들어간 뒤 한 시간이 지나도 나오지 않았다. 예약해 둔 ‘최후의 만찬’ 관람 시간이 촉박해 결국 택시를 타고 ‘산타마리아 델레 그라치에 성당’으로 이동할 수밖에 없었다.

밀라노 여행을 마치고 베네치아에서 호텔 체크인을 하

려는데 여권이 없으면 투숙할 수 없다고 했다. 다행히 스마트폰에 저장해 둔 여권 사본을 제시해 숙박할 수 있었다. 여행 마지막 날에는 예정된 일정을 포기하고 로마의 한국 대사관에서 임시여권을 발급받았다. 잠시의 방심으로 여행 일정 전체에 큰 차질이 생긴 것이 못내 아쉬웠다. 대사관에서 우리와 비슷한 피해를 당한 한국인도 만났다. 젊은 자매가 명품 가방을 사려다 여권과 고액의 현금을 함께 소매치기당해 괴로워하고 있었다.

해외여행을 다니다 보면 우리나라만큼 살기 좋은 곳이 많지 않다는 생각을 하게 된다. 치안이 안정되어 있고 밤길을 혼자 걸어도 불안하지 않으며 물을 끓이지 않고도 마실 수 있다는 사실이 새삼 고맙다. 돌이켜보면 세 번의 소매치기 사건은 모두 '방심'에서 비롯되었다. 그 나라 역시 우리와 비슷하리라는 안일한 생각이 문제의 출발점이었다.

우리나라에서는 지하철에 두고 내린 물건조차 유실물보관센터를 통해 대부분 주인에게 되돌아간다고 한다. 일상에서 소매치기를 걱정하지 않고 살 수 있다는 사실만으로도 참으로 감사하다.

"우리나라 좋은 나라!"

5부

나도 작가다

나도 작가다

2022년 11월, 같은 건물에 연구실을 둔 후배 교수 A와 식사 약속이 있던 날이었다. 약속된 시간에 맞춰 1층 로비에서 기다리고 있는데 엘리베이터 문이 열리며 A와 함께 B 교수가 모습을 드러냈다. 반가운 마음에 자연스럽게 셋이 함께 점심을 하게 되었다.

"요즘 어떻게 지내십니까? 재미있는 일 없나요?"

경상도 사나이 특유의 건조한 말투로 건넨 인사에 B가 뜻밖의 대답을 했다.

"요즘 글을 쓰느라 바쁩니다. 노모님께 드릴 제 자서전을 한 권 엮어 보려고요."

"네? 책을 쓰신다고요?"

공대 교수가 자서전을 쓴다니 낯설기도 했고 한편으로는 대단하게 느껴졌다.

"브런치 작가에 응모했는데 두 번 떨어졌습니다."

"브런치 작가는 어떤 것입니까?"

무식해 보일까 싶었지만 궁금증을 참지 못하고 물었다.

브런치 작가는 카카오의 글쓰기 플랫폼으로 출판 경험이 없어도 심사를 거쳐 작가로 활동할 수 있는 공간이라는 설명을 들었다.

B는 현재 쓰고 있는 글로 다시 브런치 작가에 응모했고, 한 달 뒤 마감되는 '제10회 브런치 출판 프로젝트'에도 출품할 예정이라고 했다. 작가란 특별한 사람만의 영역이라고 생각해왔던 내게 그 말은 신선한 충격이었다.

나 역시 평소 글쓰기를 좋아한다. 언젠가 책을 내고 싶다는 막연한 꿈은 있었지만 '작가'라는 단어는 늘 먼 세상의 이야기로 여겨왔다. 그런데 눈앞의 동료가 작가에 도전하고 있다는 사실이 내 마음을 흔들어 놓았다.

점심을 마치고 연구실에 돌아와 브런치를 검색해 보았다. 그리고 평소 써 두었던 글 세 편을 묶어 조심스럽게 인터넷으로 작가 신청서를 제출했다.

다음 날, 뜻밖에 '브런치 작가 선정'이라는 축하 메일이 도착했다. 무턱대고 보낸 작가 선정 신청서가 이틀 만에 승인되었다는 사실에 기분이 묘하고도 이상했다.

'아무나 신청하면 선정되는 건가?'

'아니지, B 교수가 두 번이나 떨어졌다고 했으니 아무나 뽑는 건 아닐 거야.'

그렇게 나는 '작가'가 되었다. 대단한 일은 아닐지 모르지만 작가라는 이름은 생각보다 묘한 힘을 지니고 있었다. 글을 대하는 태도도 달라졌고 스스로에 대한 작은 자신감도 생겼다.

정년퇴직 후 맞이할 제2의 인생에서 백수라는 이름 대신 '작가'라고 스스로를 부를 수 있다면 그것만으로도 삶의 가치가 달라질 것 같았다. 글을 쓰든 쓰지 않든 남이 어떻게 생각하든 상관없이 '나도 작가다'라고 생각하며 사는 것만으로도 충분히 의미가 있다.

B 교수에게 고맙다는 생각이 들었다. 어쩌면 그날의 만남이 우연이 아니었을지도 모른다.

"북경의 나비 한 마리의 날갯짓이 뉴욕에 태풍을 일으킨다"는 말처럼 삶을 움직이는 거대한 변화는 종종 아주 작은 인연에서 비롯되기도 한다.

인생은 인연과 선택의 연속이다. 나무뿌리에서 솟은 기둥으로부터 중간 가지가 뻗어 나가고 그 가지에서 또 다른 가지가 갈라진다. 수많은 중간 가지 중 어디에 붙느냐에 따라 끝 가지의 위치가 달라진다. 끝 가지는 스스로 중간 가지를 선택한 것이 아니라 결과로 나타난 자리다. 하지만 어떤 가지 끝에 달리느냐에 따라 받는 햇빛의 양과

질이 달라진다. 그것이 바로 인연이고 운명이다.

그날 B를 만난 일은 어쩌면 나를 또 다른 가지 위에 올려놓은 작은 인연이었을지도 모른다. 그날 이후 작가라는 말이 더는 먼 세상의 이름이 아니라 나 역시 노력하면 닿을 수 있는 자리라는 생각이 들었다. 삶을 바꾸는 순간은 거창한 결심에서 비롯되는 것만은 아니다. 때로는 사소한 동기 하나가 삶의 방향을 바꾸기도 한다. 대단한 이야기가 아니더라도 일상을 기록으로 남기는 일 또한 충분히 의미가 있는 일임을 깨달았다.

나는 스스로에게 이렇게 말했다.

"그래, 나도 작가다."

테스형

나훈아, 그는 '가황'이라 불린다. 그의 콘서트 입장권은 단 몇 분 만에 매진되고 효도 선물의 상징이 될 정도로 중·노년층에게 절대적인 인기를 누렸다. 가사는 사람들의 감성을 끌어내기에 충분한 철학적 요소들이 많고 창법 또한 특별한 호소력을 갖고 있다. 그래서인지 나의 애창곡 중에는 그의 노래가 많다.

코로나 팬데믹으로 일상이 무너졌던 그해 나훈아는 KBS를 통해 무료 콘서트 <2020 대한민국 어게인>을 열었다. 모두가 불안과 허탈감 속에 있던 시기였다. 그는 그 무대에서 이렇게 말했다.

"노래 한 곡을 만들기 위해서 책도 많이 읽고 적게는 6개월에서 8개월이 걸립니다."

그리고 발표한 노래가 <테스형>이었다.

아! 테스형 세상이 왜 이래, 왜 이렇게 힘들어
아! 테스형 소크라테스형 사랑은 또 왜 이래

이 노래를 처음 들었을 때 깜짝 놀랐다. 2천 4백 년 전 그리스의 철학자를 '형'이라 부르는 배짱이 어디에서 나왔을까. 가사는 철학자의 이름을 빌려왔지만 너무도 솔직한 하소연이다. 세상살이가 뜻대로 풀리지 않아 힘들고, 사랑은 또 왜 그렇게 삐거덕거리는지 이해할 수 없다는 푸념이다.

> *먼저 가 본 저세상 어떤가요, 테스형*
> *가 보니까 천국은 있던가요, 테스형*

나훈아의 질문은 소크라테스가 내세를 믿고 흔들림 없이 독배를 마셨다는 사실과 맞닿아 있다. 익살스러운 말이긴 하지만 많은 이들이 궁금해하는 것이기도 하다. 그는 공연 준비에서도 모든 것을 직접 기획할 정도로 능력이 탁월했고 관객의 감성을 끌어내는 카리스마도 독보적이었다.

"어떤 가수는 공연할 때 사기를 칩니다. 하지만 나는 거짓말하지 않습니다. 공연 중에 땀을 몇 바가지를 흘립니다."

나훈아는 풍문과 스캔들도 많이 남겼다. 자신보다 7살 많은 영화배우 김지미와 6년 동안 살다가 헤어지면서 "여자는 돈이 없으면 살 수 없다”라며 자신의 전 재산을 넘겨 주었다고 한다. 2008년에는 “연예인 김모 양을 건드려 야쿠자로부터 ‘거시기’를 다쳤다”라는 소문이 SNS를 타고 퍼졌다. 한참 후 기자회견에서 갑자기 자리에서 일어나 허리띠를 풀고 지퍼를 반쯤 내리려 해 모두를 놀라게 했다.

“제가 바지를 내려서 5분을 보여드리겠습니다. 아니면 믿겠습니까?”

그 한마디에 500여 명의 기자가 압도됐다. 그는 이어 말했다.

“의지가 약하고 견디기 어려운 성격이었다면 두 여인은 자살까지 갔을 것입니다. 여러분의 펜대가 사람을 죽이는 것입니다. 마지막으로 부탁합니다. 우리 후배 처자들 바로 잡아 주십시오. 진심으로 사과하는 마음도 함께 말입니다.”

그는 가수로서 자존심과 원칙이 확고했다. 은퇴 시점에 도“박수 칠 때 떠나겠다”며 2025년 1월 서울 올림픽체조경기장 공연을 끝으로 은퇴를 선언했다. 언젠가는 그의 콘서트를 실제로 한번 보고 싶다고 생각했는데 이제는 불가능해져 아쉽다.

<홍시>를 들으면 돌아가신 어머니가 그립고, <공>을 들으면 한 권의 철학책을 읽은 듯 울림이 남는다. 어느 방면

에서나 두각을 나타내는 사람은 뭔가 남다르다. 나훈아는 단순한 가수가 아니라 삶과 예술에 뚜렷한 철학과 자존심을 가진 예술가였다. 내가 그를 좋아하는 이유이다.

60대의 외발자전거 정복기

코로나19로 세상이 떠들썩하던 2022년 어느 날 온천천에서 우연히 외발자전거를 타는 사람을 보았다. 평소 아내에게 '호기심 천국'이라 핀잔을 듣던 나는 회갑을 훌쩍 넘긴 나이임에도 직접 한 번 도전해 보기로 했다.

외발자전거를 어디서 구할 수 있는지부터 궁금했다. 인터넷을 검색하여 온라인으로 주문했다. 바퀴 크기는 18인치부터 36인치까지가 있다는 사실도 알게 되었다. 초보자는 20인치로 시작하는 것이 좋다는 정보에 따라 20인치를 선택했다.

며칠 뒤 배달된 20인치 외발자전거에는 페달과 안장이 분리된 채 포장되어 있었다. 설명서를 참고해 조립을 마치고 안장에 올라앉아 보려 했지만 쉽지 않았다. 두발자전거와 달리 외발자전거는 바닥과 맞닿는 점이 하나뿐이라 균형을 잡기가 어려웠다.

유튜브에서 외발자전거 배우는 법을 찾았다. 외발자전

거를 타는 첫걸음인 아이들링이 소개되어 있었는데 시계추처럼 한 자리에서 앞뒤로 움직이며 원심력을 만들어 균형을 유지하는 방법이었다. 집 현관에서 안장에 올라 아이들링을 시도했으나 뜻대로 되지 않았다. 인터넷에서 외발자전거 학원이나 동호회를 찾아보았지만 마땅한 정보를 얻지 못했다. 제한된 정보 속에서 모든 난관을 혼자서 해결할 수밖에 없었다. 며칠간 아파트 현관에서 양쪽 벽을 붙잡고 아이들링을 연습했지만 몸이 굳은 탓인지 생각처럼 되지 않았다. 나이로 인한 신체적 한계에다 유튜브 영상만 참고하다 보니 한계가 있었다.

몇 주간 자전거와 씨름한 끝에 온천천 인도교에서 난간을 잡고 한 발짝씩 나아갈 수 있게 되었다. 더 나은 방법을 찾다 온천천 고수부지 농구장에서 펜스를 붙잡고 연습했는데 그물 구멍에 손가락이 끼어 다칠 뻔한 일이 한두 번이 아니었다. 오랜 시도 끝에 비틀비틀 혼자서 앞으로 나갈 수 있었을 때는 해냈다는 성취감이 밀려왔다. '인내는 쓰지만 그 열매는 달다'라는 고대 철학자의 말이 실감 났다.

조금씩 자신감이 붙어 매일 아침 우리 아파트 1층의 공터에서 연습을 이어갔다. 약 400미터 길이의 공터에는 걷기를 하는 여성들이 많았는데 내가 비틀거리며 외발자전거를 타자 아주머니들의 원성이 자자했다.

"다른 곳으로 가서 타세요."

그 말을 들었을 때 기분이 몹시 상했다. "이곳이 당신들 땅입니까"라고 항의한 적도 있었다.

온갖 어려움에도 포기하지 않고 연습한 결과 1월에 시작한 도전은 벚꽃이 만개한 4월 무렵에는 어느 정도 수준에 이르렀다. 위태로운 자세로 벚꽃이 만개한 온천천 자전거길을 달리자 행인들이 박수로 응원해 주었고, 그럴 때마다 어깨가 으쓱해지고 없던 힘이 솟아났다.

그 후 고등학교 부산동창회 축제 때는 사직운동장 보조경기장의 트랙을 달렸고, 초등학교 한마음 축제 행사에서 빨간색 피에로 모자를 쓰고 묘기를 부리듯 외발자전거를 타기도 했다. 특별한 버킷리스트가 있었던 것은 아니지만 우연한 계기로 외발자전거를 탈 수 있게 된 경험은 내게 큰 만족감으로 남았다. 일반인이 쉽게 접근하기 힘든 일을 인내와 끈기로 해냈다는 사실은 나에게 자신감과 성취감을 안겨 주었다.

LOD 부부댄스스포츠 동호회

아내와 함께 2010년경부터 취미생활로 댄스스포츠를 하고 있다. 친구 부부의 소개로 문화회관의 댄스스포츠 프로그램에 참여했던 것이 인연이 되었다. 평소 한 가지 취미를 오래 갖지 못하는 내가 지금까지 계속하는 점이 스스로도 놀랍다. 부부가 함께 즐길 수 있는 스포츠이기 때문인 듯하다.

예전에는 댄스에 대해 선입견이 있는 사람들이 많았으나 요즘은 대부분이 부러워한다. 매스컴의 영향도 있겠지만 정신이나 육체적 건강에도 매우 좋은 운동이라는 것을 알기 때문일 것이다.

처음 시작했을 때는 색다른 취미라 신기하고 재미있어서였는데 지금은 좋은 회원들과 함께 삶 자체를 즐긴다는 의미가 더 크다. 우리 부부는 현재 'LOD 부부댄스스포츠'동호회에서 활동하고 있으며 연장자라는 이유로 내가 회장을 맡고 있다. 다섯 쌍의 부부 모두 비슷한 연배로 구성되어 있다. LOD라는 이름은 '라인 오브 댄스(Line of

Dance)’의 약자로, 댄스가 흘러가는 진행 방향을 의미하는 용어이기도 하다. 매주 월요일 저녁에 한 시간씩 전문 선생님으로부터 단체 레슨을 받고 있다. 지도하는 선생님이 실력뿐만 아니라 인간으로서도 존경할 만한 분이어서 더없이 좋다.

댄스스포츠는 왈츠, 탱고, 폭스트롯, 비엔나 왈츠, 퀵스텝 등 모던(Modern) 댄스 다섯 종목과 자이브, 룸바, 차차, 삼바, 파소도블레 등 라틴(Latin) 댄스 다섯 종목으로 이루어져 있다. 워낙 종류가 많아 다 외우기가 어렵고 아마추어로서 아무리 배워도 잘하기는 쉽지 않다. 하지만 각종 전국대회에서 입상하고 발표회를 통해 자신의 멋진 모습을 대중에게 보여 주면서 성취감을 느끼기도 한다.

예전에는 각자 개인 종목에도 출전했지만 회원들이 나이 들어감에 따라 지금은 단체 포메이션 종목으로만 출전하고 있다. 대회 동영상들을 유튜브에 올려놓고 가끔 재생해 보면 마음이 새로워지고 기분전환이 되기도 한다. 우리 동호회의 영상은 유튜브에서 ‘윤병우 댄스’라고 검색하면 볼 수 있다.

회원들 닉네임으로도 그 부부의 특징을 대충 짐작할 수 있다. 우리 부부는 피터팬과 웬디로 영원히 동심을 잃지 않고 싶은 나와 늘 뒤에서 수습하는 아내의 캐릭터에 잘 어울린다. 기린·사슴, 아담·이브, 타잔·제인, 지바고·라라 역시 그들의 닉네임과 닮은 캐릭터들이다.

나이가 들면서 비슷한 부류의 사람들이 함께 즐길 수 있다는 것은 커다란 행복이다. 회원 중에 말이 나오기가 무섭게 바로 실행할 정도로 기획력이 뛰어난 사람이 있다. 덕분에 평소 여행이나 외식 등을 잘 계획하거나 결정하지 못하는 나로서는 그들을 따라가며 즐길 수 있어 늘 감사한 마음이다.

황매산 철쭉이 만개하는 5월의 녹음 속에서 열리는 모교 초등학교 한마음 축제에서 단체공연을 한 적이 있다. 우리 회원들은 종종 자연 속의 환상적인 분위기에서 공연했던 그때 추억을 떠올리며 즐거워한다.

정년 퇴임 후 제주도 1년 살기를 떠난 회원을 찾아 LOD 단체여행으로 제주도를 방문했다가 김해공항의 안개로 사흘 동안 발이 묶였던 기억도 있다. 첫날은 하루 더 즐길 수 있는 핑곗거리로 생각했는데 다음 날도 부산행 비행기가 뜨지 않았다. 사흘째가 되자 모두 안달이 나서 수단과 방법을 가리지 않고 일단 육지로 나가자는 의견이었다. 김포공항까지 갔다가 다시 KTX로 돌아오면서 큰 짐들을 들고 다니느라 고생이 많았다. 제주도 1년 살기를 약속하고 떠났던 그 회원은 6년이 지난 지금도 돌아올 기색이 없어 보이는데 더 좋은 이웃사촌을 만난 듯하다.

코로나가 거의 끝날 무렵인 2023년에는 단체로 속초에서 일본 홋카이도로 가는 크루즈 여행을 다녀오기도 했다. 처음 경험한 크루즈에서 신나게 댄스를 즐길 때는 댄스스포츠라는 취미를 가진 것에 큰 보람을 느꼈다. 크루즈에서의 즐거운 기억보다 부산에서 속초까지 관광버스를 타고 오가며 겪은 고생이 더 또렷한 기억으로 남아 있다는 점은 아이러니하다.

세상에서 가장 따뜻했던 저녁

부산 시민도서관에서 열린 '원북원 작가와의 만남'에 다녀왔다. 『우리가 인생이라 부르는 것들』이라는 책으로 올해 부산시 원북원 작가로 선정된 정채찬 교수의 강연이었다.

'원북원'은 부산광역시교육청 및 부산광역시가 주최하고 부산광역시 공공도서관이 주관하는 시민독서생활화 운동이다. 부산일보, 국제신문, KBS부산, 부산MBC, KNN 등 지역 언론이 후원을 한다. 정 교수의 강연을 들으면서 삶에 대해 많은 생각을 했지만 강연장을 나서는 순간 어느새 옅어져 버렸다. 그럼에도 오랫동안 마음에 남은 것은 강연 중에 소개된 시 한 편이었다.

< 세상에서 가장 따뜻했던 저녁 >

-복효근-

어둠이 한기처럼 스며들고
배 속에 붕어 새끼 두어 마리 요동을 칠 때

학교 앞 버스 정류장을 지나는데
먼저 와 기다리던 선재가
내가 멘 책가방 지퍼가 열렸다며 닫아 주었다.

아무도 없는 집 썰렁한 내 방까지
붕어빵 냄새가 따라왔다.

학교에서 받은 우유 꺼내려 가방을 여는데
아직 온기가 식지 않은 종이봉투에
붕어가 다섯 마리

내 열여섯 살 세상에
가장 따뜻했던 저녁

이 시의 낭송과 해설을 듣는 내내 내 머릿속에는 한 친구의 얼굴이 겹쳐 떠나지 않았다. 오래전 기관지에 문제가 생겨 오랫동안 고생하던 때가 있었다. 온갖 약을 먹어도 차도가 없어 힘들어하던 내게 부산에서 소문난 민물고기 중탕 약을 주문해 택배로 보낸 친구가 있었다.

"너를 위한 것이 아니고 나를 위한 거다. 빨리 완쾌해라."

그 한마디가 지금도 잊히지 않는다.

고등학교 때 3년 내내 같은 반이었고, 지금까지도 몇몇 친구들과 부부 모임을 이어오고 있는 그 친구가 바로 시 속의 '선재'처럼 느껴져 가슴 한쪽이 찡해졌다.

우연한 기회에 참석하게 된 강연회가 친구의 따뜻한 마음을 소환해 주어 행복했다.

지하철 막차 추격기

모년 모일 밤 11시 20분, 경성대역.

개찰구 위에는 접이식 팻말이 놓여 있었다.

"양산행 2호선 마지막 차는 11시 32분 출발입니다."

'앗차!'

스마트폰으로 서면에서 노포동 방향 환승 막차를 검색했

다. 11시 45분.

경성대역에서 서면역까지 7개 역

이동 시간 14분. 도착 예상 시간 11시 46분.

아뿔사!

최선의 경우에도 고작 10초 차이였다.

서면역 도착 직전

출입문 앞에서 100미터 출발 자세로 대기.

열리는 문을 비집고 내달리다가

반대 방향에서 같은 처지의 청년과 부딪힐 뻔했지만

반사적으로 피하고 에스컬레이터에 올랐다.

인파를 비집고 달려 상층에서 고개를 돌리자
멀리 1호선 열차의 열린 문이 보였다.
나는 야구장 주자가 되었다.
태그되느냐 마느냐 하는 순간
슬라이딩으로 세이브!
순간, 내가 자랑스러웠다.
그런데 각본과 달리 문은 닫히지 않았다.

잠시 후 안내 멘트가 흘러 나왔다.
"이 열차는 연결노선의 손님을 태우기 위해 잠시 정차 중
입니다."
억울했다!
사실 따지고 보면 내가 억울할 일이 아니었다.
그럼에도 억울했고
목까지 찬 숨을 몰아쉬었다.

평소 지하철을 타지 않아서
정보 부족으로 생긴 일이다.
내가 생각해도 내가 참 웃긴다.

털팔이의 에피소드

집사람과 함께 승용차로 외출했다가 집으로 돌아오는 길에 간단한 먹거리를 사기 위해 동네 대형 마트에 들렀다. 주차장이 평소보다 한산해서 넓은 공간에 차를 세운 뒤 매장으로 들어갔다. 피곤했던 아내는 차에서 쉬고 있었고, 나는 아내가 주문한 먹거리를 사서 서둘러 차로 향했다.

운전석 문을 열고 털썩 앉는 순간 시트가 푹 꺼지며 묘한 이질감이 느껴졌다.

'이게 뭐지?'

몸과 감각이 모두 혼란스러워졌다. 평소 같으면 금세 알아차릴 텐데 그날은 감각이 둔해져 있었다.

"여보~!"

차 밖에서 집사람의 비명 같은 외침이 들렸다. 남의 차에 잘못 탔음을 직감하고 황급히 내렸다. 아내는 바로 옆에 주차된 내 차 조수석에서 나를 보고 있었고, 그 차의 주인은 밖에서 담배를 문 채 어리둥절한 표정으로 그 광경을 보고 있었다.

"아이고 죄송합니다. 제 차인 줄 알고 착각했습니다."

그는 싱긋 웃으며 고개를 끄덕였다. 내가 마트에 들어간 사이에 그 차가 바로 옆에 주차했는데 하필 모델과 색깔이 같은 차였다. 게다가 그 차 문이 잠겨 있지 않은 것이 화근이었다.

"세상에, 이제 마누라도 못 알아보는 거 아니에요?"

집사람의 핀잔에 나도 모르게 허탈한 웃음이 나왔다. 매사에 세심하지 못하고 털팔이가 된 듯하여 씁쓸한 마음이 들었다. 그날의 민망함은 오래 잊고 있었던 기억 하나를 떠올렸다

오래전, 직장에서 회식이 있어 수영구청 앞의 모 일식집을 찾았던 날이었다. 그곳은 손님이 차를 맡기면 주차관리원이 직접 이동시키고, 열쇠는 카운터에 보관하는 시스템이었다. 식사를 마치고 카운터에서 열쇠를 찾으려 했더니 직원이 말했다.

"차에 꽂혀 있습니다."

말대로 차로 가 보니 열쇠가 꽂혀 있었지만 내 키는 아니었다. 낯선 열쇠를 아무리 빼 보려고 해도 꿈쩍하지 않았다.

"아마 키가 바뀐 것 같습니다."

이상함을 감지하고 주차관리원에게 이야기했더니 그가 한 말이다. 차를 이동시키는 과정에서 열쇠가 빠지지 않아 그대로 두었다는 것이다.

같은 기종의 차라도 서로 다른 열쇠로 시동이 걸리는 경우는 거의 없다. 그런데 그날은 참으로 기묘한 일이 벌어졌다. 같은 날 같은 시간에 한 음식점에서 만난 차들이 서로 열쇠를 바꾸어 시동이 걸리는 상황이라니, 확률로 따지면 거의 제로에 가까운 일이었다. 그날의 소동은 결국 전문가를 불러 열쇠를 빼낸 후에야 마무리됐다.

노인과 리어카

어느 날 밤, 아내와 외식하고 집으로 돌아가는데 가로등 아래에서 리어카를 끌고 가는 할아버지를 보았다. 집채만 한 크기로 폐박스를 실은 리어카를 끌고 있는 모습이 몹시 힘들어 보였다.

"할아버지, 제가 좀 끌어 드릴게요."

차량이 달리는 도로를 역주행하며 리어카를 끄는 노인이 위험해 보여 말을 건넸다. 할아버지는 잠시 망설이다가 고개를 저었다.

"괜찮습니다. 제가 할 수 있어요."

그래도 마음이 놓이지 않아 리어카를 받아 대신 끌어 교차로를 건넜다. 한참을 가다 노인에게 물었다.

"할아버지, 집이 어디세요?"

"이제 얼마 안 남았어요. 여기서부터는 제가 끌어도 됩니다."

할아버지는 리어카를 다시 달라고 하며 운동 삼아 하는 일이라고 했다. 박스가 모이면 자신에게 연락하는 사람이 있어 가져온다고도 했다.

나는 그 말에 담긴 생활의 무게를 떠올리며 주머니에서 지폐 몇 장을 꺼내 국밥이라도 한 그릇 사드시라며 건넸다.

신호등을 건너 아내가 기다리고 있는 곳으로 돌아갔다.

"그 할아버지가 당신보다 더 건강해 보이던데요. 리어카 뒤에서 따라가는 모습이 청년 같았어요."

아내의 말에 얼굴이 화끈거렸다. 괜히 나서서 그분의 운동을 방해한 것 같았다. 어쩌면 그분이 느끼던 작은 보람을 내가 가로챈 것은 아닐까 하는 생각도 들었다.

그 일이 있고 난 뒤 문득 나의 미래를 떠올렸다. 백세 시대라는데 퇴직 후에 어떻게 보람을 찾을 것인가 하는 문제였다. 취미생활을 한다지만 그것도 바쁜 일상 속에서 짬을 내 즐길 때 재미가 있는 것이다.

삶의 의미를 느낄 수 있는 일이 필요하다는 생각이 들었다. 그렇다고 전업으로 일하는 것도 바람직하지 않을 것이다. 적당히 일하고 적당히 즐길 수 있으면 좋겠지만 세상에 물 좋고 정자 좋은 곳이 어디에 있으랴.

어떤 분이 학교 교장으로 퇴임하고 막노동을 하는데 그렇게 마음이 맑고 좋을 수가 없다는 이야기를 들은 적이 있다. 문득 나도 그런 일을 할 수 있겠다는 생각이 들었다.

하고 싶으면 일하고 쉬고 싶으면 쉴 수 있으니 말이다. 무
슨 일이든 스스로 의미를 느낄 수 있다면 그것으로 충분
하다.

나에게는 돌아갈 고향이 있다. 첩첩 산골로 한때 세상에
서 가장 오지로 알려졌지만, 지금은 많은 이들이 부러워하
는 산골이다. 그곳에서 소박한 일거리를 만들며 살아갈 수
도 있을 것 같다. 곧 펼쳐질 나의 제2의 인생이 궁금하다.
내가 만났던 그 할아버지처럼 종이를 줍는 일로 보람을
찾으며 살 수도 있을 것이다. 작은 일에서 의미를 발견하
고 더불어 사는 사회의 일원으로 살아가는 삶, 그것이 내
가 바라는 노년의 모습이다.

황망한 부고[*]

"깨똑~~!"

이른 아침 카톡 알림음이 울렸다.

"고(故) 김대수 님께서 별세하셨기에 아래와 같이 부고를 전해 드립니다."

고등학교 동기 단톡방에 올라온 부고장이었다. 김 씨 성을 가진 친구의 아버지상일 거로 생각했는데, 부고 속 고인의 이름이 친구와 같았다. 설마 하는 마음과 함께 불길한 예감이 스쳤다. 곧이어 "삼가 친구의 명복을 빕니다"라는 댓글이 연달아 올라왔다. 그제야 고인이 바로 그 친구라는 사실을 깨닫고, 가슴이 철렁 내려앉았다.

"10월 9일 공휴일 등산 가서 따온 버섯을 먹고 그렇게 되었답니다. 부인도 위독한 상태라고 하네요."

평소 등산을 즐기던 친구였다. 황망하고 당황스러웠다. 고등학교 2학년 때 같은 반이었지만 졸업 후 한 번도 만나

---

* 이 글에 나오는 이름은 모두 가명임.

지 못했다. 그럼에도 새해가 되면 어김없이 안부 문자를 주고받던 사이였다.

"뭐가 급해서 이렇게 빨리 갔나 이 친구야. 삼가 자네의 명복을 빈다."

안타까운 마음으로 단톡방에 댓글을 남겼다.

그는 대기업에서 임원으로 정년퇴직한 뒤 부인과 두 딸을 서울에 두고 부산의 중소기업에서 제2의 인생을 시작하고 있었다. 휴일에 등산하다 독버섯을 송이로 착각한 것이 화근이었다. 부산을 방문한 부인과 함께 복통으로 병원에 실려 갔는데 상태가 급속히 나빠졌다. 간과 신장이 심하게 손상되어 장기 이식을 기다리다 엿새 만에 예순두 살의 나이로 세상을 떠났다. 술을 마시지 않은 부인은 사흘을 더 버티다 아흐레 만에 남편 곁으로 갔다. 부인은 끝내 빈소조차 차리지 못했다.

며칠 후 동기회 단톡방에 친구의 딸로부터 문자가 도착했다.

"안녕하세요, 김대수의 자녀 현영입니다. 아버지, 어머니 두 분을 월정사에 모셨습니다. '진주고'라고 되어있는 걸 보니 아버지의 학창 시절 친구분들이신 것 같습니다. 아버지는 진고에 대한 자부심이 대단하셨고 친구들을 자랑스러워하셨습니다. 이번에 아버지 친구분들의 위로가 저희에게 큰 힘이 되었습니다. 저희는 부모님의 뜻을 받들어 잘 살겠습니다. 감사합니다.”

자녀들이 의젓하게 잘 성장한 것 같아 그나마 다행이었다. 단란하게 잘 살아가던 한 가정이 한순간에 풍비박산이 났다. 한 번의 실수로 친구 부부는 한 줌의 재로 변해버렸다. 삶이 참으로 허망하다는 생각이 들었다. ‘밤새 안녕’이라는 말이 남의 말이 아닌 것 같다.

친구의 허망한 죽음이 너무나 안타깝다. 내 친구 김대수의 명복을 빈다.

정성으로 피우는 꽃

　부친의 기일이라 토요일에 고향을 찾았다. 코로나 팬데믹으로 몇 해 동안 만나지 못했던 팔 남매가 오랜만에 한자리에 모여 정성껏 제사를 모셨다.

　다음 날 아침, 식사를 마치고 외사촌 동생이 동네 부역에 나간다기에 자초지종을 물었다.

　"석정 회장님께서 영산홍 천여 그루를 기증하셨습니다. 마을 앞 도로 화단에 심기로 했는데 동네 사람들이 함께 돕기로 했습니다."

　그분은 부산에서 중견기업을 경영하다 일선에서 물러나 석정에 연수원을 짓고 정착했다. 오래전 내가 우리 대학의 중소기업기술지원센터 소장을 맡고 있을 때 친분이 있었는데, 어느 날 고향에서 주민으로 만나서 깜짝 놀랐다.

　고마운 마음에 아내와 제수씨를 데리고 나도 삽을 들고 부역에 나갔다. 주말에 고향을 찾은 젊은이들과 주민들이 삽과 괭이를 들고 하나둘 모여들었다.

　"화단 가장자리에서 삼십 센티미터, 나무 사이 간격은

사십 센티미터쯤 두면 됩니다.”

연수원 조경 관리 직원의 안내에 따라 모두 열심히 꽃나무를 심었다. 마을 이장은 깃발을 들고 차량을 통제했고, 전임 이장도 땀을 뻘뻘 흘리며 일을 거들었다. 외갓집에 놀러 온 젊은이, 홀어머니를 찾아온 후배, 덕동댁, 냄편댁, 그리고 고향을 지키는 몇 안 되는 젊은이들까지 너나없이 구덩이를 파고 꽃나무를 심었다.

“수고가 많으십니다.”

소문을 들은 면장님이 음료수를 사 들고 격려차 방문했다.

힘 좋은 젊은이들이 삽으로 구덩이를 파면 아주머니들이 호미로 나무를 심었다. 구덩이를 파는 속도가 심는 속도를 따라가지 못해 젊은이들이 쉴 틈이 없었다.

“마치 새마을운동 하는 것 같네요.”

도시에서 자란 아내가 신기하다는 듯 말했다. 그 말에 새마을운동으로 동네가 분주하던 어린 시절의 기억이 떠올랐다.

새마을운동이 한창이던 1970년대, 중장비가 귀하던 시절로 마을을 가로지르는 신작로를 주민들이 손수 만들었다. 괭이와 삽으로 땅을 파고 리어카로 흙을 날랐다. 집을 뜯어 옮기고 돌담도 다시 쌓는 등 오랜 노력으로 현재의 모습이 되었다. 학생들은 동네 앞에 꽃동산을 만들어 꽃나무를 심고 선생님들의 심사로 상을 받기도 했다.

모두 즐거운 마음으로 일을 하다 보니 어느새 영산홍 천여 그루가 화단을 가득 메웠다.

"오늘 일 마치고 모두 점심을 함께하겠습니다. 한 분도 빠지지 마시고 모산재 식당으로 오세요."

마을 이장의 공지에 모두 식당으로 향했다. 이장의 사회로 여러 사람의 인사가 있었다. 나에게도 기회가 주어져 썰렁한 퀴즈 몇 개로 분위기를 띄워 보려 노력했다.

"나무는 무얼 먹고 살까요?"

"물!", "햇빛!", "영양소!"

여기저기서 답이 터져 나왔다.

"모두 맞습니다만, 저는 '사람의 정성'을 먹고 산다고 생각합니다."

순간 웃음이 터져 나왔다.

"그럼 하나만 더 내겠습니다. 꽃 중에는 어떤 꽃이 가장 예쁠까요?"

"장미꽃!", "호박꽃!", "사람꽃!"

여러 대답이 이어졌다.

"저는 직접 심고 가꾼 꽃이 가장 예쁘다고 생각합니다."

　우리가 심은 영산홍을 정성껏 돌보아 예쁜 꽃을 피우자는 뜻이었다. 이날처럼 주민들이 오순도순 살아가기를 바라는 마음도 담겨 있었다.

　우리 마을에 정착해 여러 가지로 많은 봉사를 몸소 실천하시는 석정 회장님께 마을 사람들의 마음을 모아 큰 박수를 보내기도 했다.

운수 좋은 날

　9월 초 아직은 한여름 같은 날씨다. 하복이라지만 여름에 양복을 입는 일은 불편하기 짝이 없다. 하지만 평소 존경하던 모 선배 교수의 딸 결혼식에 가는 날이라 오랜만에 양복을 차려입고 집을 나섰다. 식장은 대중교통으로는 애매했고 날씨도 더워 택시를 타기로 했다. 여러 대의 택시가 지나갔지만 더운 날씨 탓인지 모두 손님을 태운 상태였다. 빨리 빈 택시가 오기를 기대하며 도로에 서서 목을 길게 빼고 기다렸다. 잠시 후 빈 택시 한 대가 달려오더니 마침내 내 앞에 멈춰 섰다.

　"어서 오세요."

　택시 기사가 친절하게 인사를 건넸다.

　"감사합니다."

　양복 상의를 손에 들고 뒷좌석에 올라타자 시원한 에어컨 바람이 상쾌했다.

　'오늘 같은 날씨에는 택시를 타길 참 잘했어.'

　혼자 한 생각으로 차 안에는 침묵이 흘렀다. 창밖을 바라보며 잠시 혼자의 시간을 즐기던 중 문짝 사이 유리에 꽂힌 작은 안내문이 눈에 들어왔다.

'5시간 후에 제거하세요.'

선팅을 새로 했으니 마를 때까지 떼지 말라는 안내였다. 차 안은 깨끗했고 새 차 냄새가 났다. 출고된 지 얼마 되지 않은 차량임이 분명했다.

"새 차를 산 지 얼마 안 된 모양이죠?"

기사에게 말을 건넸다.

"사장님이 이 차의 첫 손님입니다."

"네? 제가 이 차의 첫 손님이란 말이에요?"

"네, 지금 선팅을 하고 내비게이션도 달고 처음 운행에 나서는 길입니다."

순간 묘한 기분이 들었다. 우리가 살아가면서 새 택시의 첫 손님이 될 확률이 얼마나 될까. 복권에 당첨되거나 아마추어 골퍼의 홀인원만큼 드문 일일지도 모른다.

"첫 손님으로 신사분을 태워서 기분이 좋네요."

기사의 목소리에서 진심이 묻어났다. 넥타이를 매고 깨끗하게 단장한 중년 신사가 첫 손님이어서 더욱 기분이 좋은 듯했다.

"그렇게 말씀해 주셔서 감사합니다. 새 차 사신 것 축하드립니다."

목적지까지 택시 안에서 세상사 이야기를 나누었다.

요즘 경기가 너무 안 좋고 세상 분위기도 어수선하여 살아가기가 힘들다고 했다. 세상 민심과 체감경기를 가장 잘 느끼는 사람이 택시 기사라는 말이 떠올랐다.

목적지가 가까워졌다. 택시요금을 신용카드로 계산하려 했지만 새 차의 첫 손님이라는 이야기를 듣고 마음이 바뀌었다. 현금으로 얼마쯤 드릴지 잠시 고민했다. 첫 손님으로 타서 택시요금만 내는 것은 어딘가 야박하게 느껴졌다. 어릴 적 부모님이 다른 사람의 집들이나 개업식에 가실 때 성냥이나 양초를 가져가며 '살림이 불꽃처럼 일어나라'라고 빌어주던 기억이 났다.

'택시비가 4,500원 나왔는데 만 원 정도면 될까.'

'아니야, 그 정도는 아닌 것 같아.'

예상하지 못했던 일에 잠시 갈등이 생겼다.

"새 차 사신 것 축하드립니다."

택시비에 나름의 마음을 보태어 2만 원의 현금을 내밀었다.

"아이고, 아닙니다, 사장님. 만 원만 주셔도 감사한 일인데요." 기사는 만 원짜리 지폐 한 장을 되돌려주려고 했다.

"괜찮습니다. 사업 잘되시길 바랍니다."

내가 첫 손님이었던 택시가 앞으로 번창하길 바라는 진심이었다. 택시 기사는 감사하다는 말을 몇 번이나 반복하며 출발했다. 그 택시는 내 시야에서 멀어질 때까지 비상등을 켜고 깜빡였다.

결혼식장으로 걸어가면서 마음이 한결 가벼워진 느낌이 들었다. 별것 아닌 일이지만 기사가 그렇게 고마워하는 것을 보니 내 기분도 좋았다. 작은 성의가 그에게 좋은 기운으로 이어져 다른 손님에게도 친절을 전할 수 있기를 바라는 마음이 들었다. 인생에서 다시 오기 어려운 기회, '운수 좋은 날'이라는 말이 문득 뇌리를 스쳤다.
그날 운수 좋은 날의 주인공은 누구였을까.
나였을까, 기사님이었을까.

에필로그

에필로그

그 많던 제비들은 다 어디로 갔을까.

봄이면 강남으로 갔던 제비가 지지배배 울며 돌아와 우리 집 처마 밑에 둥지를 틀곤 했다. 털도 없고 눈도 채 뜨지 못한 새끼 제비들이 먹이를 달라며 입을 벌리고 서로 먼저 차지하려고 고개를 흔들던 모습 속에서 나는 우리 팔 남매의 어린 시절을 보았다. 이제는 고향에서도 그 제비들을 좀처럼 만나기 어렵다.

그 많던 봉숭아꽃은 또 어디로 갔을까.

칠팔월이면 마당 끝 돌담 아래에서 소담하게 피어난 봉숭아꽃으로 누나들의 손톱은 곱게 물들었고 어머니는 내 작은 엄지손가락에도 꽃잎을 얹어 정성스레 실로 묶어 주셨다. 이제 그 고향집은 허물어졌고 봉숭아꽃도 함께 사라졌다.

그 많았던 나의 꿈은 모두 어디로 갔을까.

좌충우돌 정신없이 달려오다 보니 어느새 평생직장에서 정년을 맞게 되었다. 세상에 뒤처지지 않으려 쉼 없이 달려왔다. 어려운 환경에서 자갈밭을 일구듯 살아온 날들이었다. 그 시간 속에는 언제나 좋은 인연들이 있었다. 살아오면서 여기저기서 나와 맺었던 인연들을 떠올리면 한 분 한 분 모두 고마운 분들이다.

잠시 걸음을 멈추고 지나온 시간을 되돌아본다. 대학 졸업 후 방송국과 국책연구소를 거쳐 대학에서 제자들을 가르치며 내가 좋아하는 분야의 연구를 이어왔다. 하지만 세월만 흘러갔을 뿐 정작 내가 무엇을 이루었는지는 선뜻 떠오르지 않는다.

아침마다 학교로 향하던 발걸음과 제자들을 향한 나의 열정은 모두 아쉬움과 그리움으로 남는다.

정년퇴직하면서 지난 시절을 성찰해 보았다. 화려한 이야기나 대단한 성취는 없지만 어린 시절의 추억과 지나온 날들의 소박한 순간들을 한데 모아 정리해 보고 싶었다. 그렇게 시작한 글들이 하나둘 쌓여 마침내 한 권의 책이 되었으니 감사한 일이다.

책을 쓰기로 한 동기에는 나의 어린 시절 추억 글을 고향 단톡방에 올렸을 때 여러 선배님들로부터 자신의 추억을 되살려 주어 고맙다는 격려를 받은 일도 크게 작용했다.

글을 쓰는 과정에서 쓰고 지우기를 수없이 반복했다. 경험이 없는 일이라 어떻게 글을 이끌어 가야 할지 확신이 없었기 때문이다. 보잘것없는 나의 삶에 대한 자서전이 되기보다 비슷한 시대를 살아온 사람들이 누구나 공감할 수 있는 자전적 글이 되기를 원했으나 쉽지 않았다. 평소 유난히 책과 친하게 지내며 나의 글을 읽고 교정해 준 아내와 진심 어린 조언과 함께 꼼꼼히 읽어 준 신광호 교수, 표지 디자인에 관심을 가져준 디자인 전공의 이호숭 교수께도 감사를 드린다. 우연한 기회에 호밀밭 출판사 장현정 대표님을 만나게 된 것도 행운이었다.

요즘 들어 내 기억 속의 제비와 봉숭아꽃 그리고 나의 젊은 날의 꿈이 유난히 그립다. 오늘의 내가 있기까지 어려운 환경 속에서도 묵묵히 함께 걸어오며 응원해 준 나의 웬디에게 이 책을 바친다.

추천사

유년기의 추억을 공유하면서

김 재 경

(前 국회의원)

윤 교수와는 진주고등학교를 함께 다녔다. 느슨하게는 30대 후반 무렵 내가 부산에서 근무할 때 대학에 자리를 잡은 윤 교수를 만났을 것이고 40대 초입 무렵 진주에 정착한 내가 동기회장의 소임으로 윤 교수의 본가를 찾았던 기억이 인상 깊게 남아 있다.

황매산의 절경 때문에 자주 등산을 가고 철쭉제나 진주 산악회의 시산제 행사에 참석하면서 윤 교수의 집 앞을 자주 지나다녔다. 서가를 뒤지니 2008년 말 내가 만들었던 에세이 집을 찾을 수 있었는데 그 책『기품과 운치의 황매산』이라는 글에 나오는 친구가 바로 윤 교수이다.

'대충 열 번 정도는 황매산을 간 것 같은데 대부분 혼자 가기 때문에 내가 즐겨 가는 코스는 영암사에서 출발해 모산재를 거쳐 바위가 많은 능선을 따라 대병면 쪽으로 하산하는 길이다. 그러면 소나무 숲

이 나타나고 그 숲길을 따라 한참을 내려오면 다시
영암사로 올 수 있다.

　계곡을 따라 형성된 개울 건너편을 보면 마을이
하나 있는데 그곳에서 자란 고등학교 친구가 상을
당해 다녀왔던 기억이 있다. 올 때마다 그 친구를
떠올리며 건너다보곤 한다.'

　윤 교수가 정년을 앞두고 나고 자란 이 멋진 고향 동네
에 대한 애정과 유년기의 추억을 엮어 쓴 원고를 넘기면
서 그의 이집트 여행기에서 보았던 감성적 서정이 되살아
났다. 속 깊은 친구로부터 기분 좋은 선물을 받는 느낌이
었다.

　같은 시대를 살았던 까닭으로 그의 어릴 적 추억을 읽
다 보니 '어쩌면 나의 유년기와 이리도 같을 수 있나'라는
생각이 절로 들었다. 나에게서는 퇴색되었거나 사라져 버
렸던 장면들이 흑백영화로 또는 선명한 색깔로 되살아나
마치 친구와 어깨동무를 하고 웃고 떠드는 기분이 들기도
했다.

　'얼마 안 되는 그 논마저 산을 넘어 다른 동네의
뒤 골짜기에 있었는데 가을이면 볏단을 묶어 동네

까지 지고 와 탈곡을 했다. 논에서 탈곡하더라도 짚을 다시 집으로 지고 와야 했고 남의 공상(탈곡기)을 오래 빌리기가 쉽지 않았기 때문이다.

어린 나도 세 살 아래 동생과 함께 새끼 멜빵으로 볏단을 지고 산길을 오르내렸다. 가파른 오르막을 넘어 쉬는 자리에서 나락 이삭이 몇 개라도 떨어지면 아버지의 불호령이 떨어지곤 했다. 그만큼 쌀 한 톨 한 톨이 소중했기 때문이다.'

그의 책 첫머리에 나오는 한 장면인데 참 힘든 시절이었음에도 전체적인 묘사와 흐름은 매우 긍정적이다. 어찌 보면 각고의 노력으로 오늘을 일궈낸 셈인데 요즘 세태는 이런 장면을 부각시키는 추세는 아니어서 최선을 다해 잘 살아낸 친구가 담담하게 풀어낸 이야기로 받아들이고자 한다.

힘들었지만 행복했던 시절의 추억은 이제 곧 새로운 생활을 맞게 될 윤 교수에게 몸과 마음을 충전시키고 때로는 에너지를 만들어 줄 소중한 자산이 될 것이다. 그간의 경륜과 소중하게 일구어 온 인성을 바탕으로 더욱 행복한 시간이 계속되기를 바란다.

공감으로 읽는
『황매산 촌놈의 추억 이야기』

박 주 성
(前 부산대학교 교수)

윤병우 교수의 『황매산 촌놈의 추억 이야기』를 읽으면서 때로는 눈물이 났고 때로는 웃음이 났다. 나도 서부 경남에서 논 두 마지기를 일구며 살던 가난한 농부의 6남매 중 막내로 태어나 윤 교수와 비슷한 어린 시절을 보냈고, 대학교수로 정년 퇴임했다는 점에서도 윤 교수와 비슷한 인생을 살아왔다. 따라서 이 책의 모든 글에 공감이 갔고 까맣게 잊고 있었던 어린 시절의 추억이 주마등처럼 지나갔다.

중학교 때 마음에 품고 있던 여학생의 책갈피에 이브 껌을 넣어두고 그 여학생의 반응을 가슴 졸이며 기다리던 어린 소년의 마음은 황순원의 『소나기』에 나오는 소년의 심정과 겹쳐 보여 윤 교수의 필력에 감탄하게 되었다. 나 역시 중학교 때 비슷한 경험이 있어 글을 읽으며 그 여학생의 모습을 떠올려 보았다.

옛날에는 소가 있는 집이 부자였는데 나도 소를 먹이러 가는 친구들이 부러웠다. 어쩌다 형편이 나아져 소를 갖게 되었을 때 소 먹이러 가서 자치기를 하고 개구리 다리를 구워 먹었던 기억도 지금까지 생생하다.

중학교 시절 시골에서 읍내로 기차를 타고 통학했는데 하굣길에 친구들과 놀다 기차를 놓쳐 십 리 기찻길을 걸어가던 일이 있었다. 그때 자갈 밟는 소리가 마치 귀신이 쫓아오는 듯 들려 머리카락이 쭈뼛쭈뼛 서던 기억과 처녀가 빠져 죽었다는 소문이 돌던 저수지를 지날 때의 공포는 지금도 생생하다.

가난한 대학원생 시절 부모님을 모시고 시골에서 올라온 조카들까지 데리고 살았을 모습을 상상해 보니 가슴이 미어진다. 군소리 없이 부모님을 모시고 조카를 키운 사모님에 대해 깊은 존경의 마음을 금할 수 없다. 아울러 윤 교수님의 깊은 가족 사랑도 느낄 수 있었다.

평소 윤 교수는 생활력이 강하고 모든 일에 도전적인 사람이었는데 이런 성향은 어린 시절 가난과 배고픔 속에서 스스로 그 현실을 극복해야 한다는 생각에서 비롯되었다고 본다. 이러한 불굴의 정신력이 오늘의 윤 교수를 만들었다고 생각한다.

시골에서 자란 육칠십 대 독자라면 이 책을 통해 어린 시절을 회상하며 눈물과 웃음을 함께하게 될 것이다. 이 책을 통해 까마득하게 잊고 있었던 나의 어린 시절 추억을 되살려 준 윤 교수에게 깊은 감사를 드린다.

시간이 비껴간 동심

이 준 호
(서울대학교 교수, 한국과학기술한림원 정회원)

윤병우 교수는 평생 전자공학을 연구하고 가르쳐 온 학자이다. 어릴 때부터 공대에 가고 싶다는 꿈을 키웠는데 평생 공학을 전공했으니 즐기면서 일하는 행운을 누린 사람이다.

전공이 스스로의 성격을 한정하기도 한다. 나의 경우 미생물학을 전공했고 1mm에 불과한 예쁜꼬마선충을 평생 연구했으니 스스로 쪼잔해지는 자신을 느끼며 살아왔다. 그런데 윤병우 교수는 예외다. 그는 엄밀한 공학도이면서도 따뜻한 마음과 동심을 누구보다 잘 간직한 인물이다.

그는 나와 고등학교 시절 같은 반에서 동고동락했던 친구인데 벌써 정년을 맞이했다니 시간이 화살 같으면서도 그의 동심은 시간을 비껴간 듯하다. 돌이켜 보면 참 파란만장했다. 그렇지 않은 세대가 있겠냐마는 우리는 함께 헤쳐 온 시간을 공유해 왔기에 더욱 강한 동지 의식을 느낀다.

요즘 사람들은 60년 전쯤의 경상남도 어느 시골의 모습을 상상조차 하기 어려울 텐데 윤병우 '작가'는 그것을 어제 일처럼 생생하게 기억하고 있으니 대단하다. 그의 글을 읽으면서 나 또한 친구 따라 소 꼴 먹이러 간 일이나 고등학교 때의 '솥뚜껑 선생님'에 대한 추억 등을 어제 일처럼 소상히 떠올릴 수 있었다. 그만큼 그의 글에는 기억을 되살리는 작가로서의 힘이 담겨 있다.

어렸을 때의 기억이 따뜻하게 남아 있으니 윤병우는 행복한 사람이다. 그의 글을 읽는 동안 독자들 또한 덩달아 마음이 따뜻해진다.

한편으로는 개인의 지나온 기억을 정리한 글이지만 다른 한편으로는 산업화 이전과 이후의 시대 그리고 인공지능의 시대에 도달한 오늘의 우리에게 고향에 대한 아득한 그리움을 심어 주는 글이기도 하다. 우리의 시간을 돌아보고 앞으로 살아갈 힘을 얻을 수 있는 글의 힘이 얼마나 끈끈하면서도 따뜻한지 새삼 느끼게 된다.

'나는 작가다'라는 글에서 밝힌 것처럼 그가 새롭게 열어 갈 인생 2막을 진심으로 축하하며 나처럼 '후진국에서 태어나 선진국에서 죽을' 세대뿐 아니라 선진국에서 태어난 요즘 세대 역시 윤 작가의 글을 즐겁게 읽을 수 있으리라 기대해 본다.

진솔한 삶을 살아온
윤병우 교수 이야기

임 영 주
(고운최치원기념사업회장, 前 마산문화원장)

대학에서 정년을 맞이하는 고향 후배 윤병우 교수가 자전적 에세이 『황매산 촌놈의 추억 이야기』를 출간하며 추천사를 부탁했다. 책의 서문을 읽는 순간부터 나의 어린 시절 추억이 소환되어 단숨에 모두 읽게 되었다.

황매산은 합천군립공원으로 지정되어 봄에는 철쭉제, 가을에는 억새 축제가 열리는 곳으로 산을 좋아하는 사람이라면 모르는 사람이 거의 없다. CNN 방송에서도 가 보고 싶은 산으로 소개되었고 한국의 명산 100선에 포함될 정도로 지금은 널리 알려진 관광지가 되었다. 하지만 윤 교수가 태어난 1960년대에는 차도가 없어 접근이 어려운 첩첩산중으로 초등학교는 들길로, 중학교는 산길로 걸어 다녀야 했고 면 소재지는 20여 리나 떨어져 있었다. 이 책에 소개된 그의 어릴 적 이야기는 지금 세대에게는 까마득한 옛이야기이지만 비슷한 시대를 살아온 세대라면 누구나 공감할 만큼 흥미롭다.

그는 고등학교 때부터 객지로 나가 생활하게 되었다. 도시의 환경과 현실은 산골과 정서적으로 큰 차이가 있었지만 그 차이를 슬기롭게 헤쳐나가는 모습이 이 책에 잘 담겨 있다. 또한 가족 이야기에서 완고한 아버지를 효로써 극복해 가는 감동적인 이야기는 많은 이들에게 귀감이 된다.

윤 교수는 전자공학을 전공한 공학박사로 한평생을 대학에서 제자 양성에 힘써 왔다. 교수로서 성실하게 연구를 수행했으며 사회봉사에도 남다른 헌신을 보여 주었다. 부산지역 반도체설계교육센터의 일원으로 봉사했고 연구소 재직 시절에는 이동통신 음성처리 기술 개발에 참여해 우리나라 정보통신 기술 발전에 기여했다. 이러한 이력은 고향 선배로서도 자랑스럽다.

책의 뒷부분에는 해외 방문 교수 재직 시절의 경험과 일상생활에서 느끼는 소소한 행복 이야기가 담겨 있어 독자들이 흥미롭게 읽을거리도 충분하다.

윤병우 교수는 공대 교수이면서 동시에 브런치 작가이기도 하다. 다재다능하고 친구들이나 고향 일에 늘 발 벗고 나서는 인물로 주변의 신망이 두텁다. 지난해에는 면초등학교 100년사 편집위원으로 활동했고 자신의 초등학교 동기들의 추억 어린 글을 모아 『한밭골 사람들』이라는 책을 발간하기도 했다.

정년 퇴임과 함께 그가 쓴 『황매산 촌놈의 추억 이야기』는 서정이 깃든 진솔한 삶의 기록으로 독자들에게 많은 메시지를 전해주는 책으로 기꺼이 일독을 권하고 싶다.

세상 모든 것에 감탄하는
지혜로운 사람들의 공간
호밀밭

황매산 촌놈의 추억 이야기

기억으로 되살린 한 시절의 풍경

ⓒ 2026, 윤병우

초판 1쇄	2026년 03월 21일
지 은 이	윤병우
편 집 장	정진리
디 자 인	정종우(스토리머지)
마 케 팅	최문섭
경영지원	김태희
펴 낸 이	장현정
펴 낸 곳	㈜호밀밭
등 록	2008년 11월 12일(제338-2008-6호)
주 소	부산광역시 수영구 연수로357번길 17-8
전 화	051-751-8001
팩 스	0505-510-4675
홈페이지	homilbooks.com
전자우편	homilbooks@naver.com
I S B N	979-11-6826-254-6 (03810)

※ 이 책 내용의 전부 또는 일부를 재사용하려면 반드시 저작권자와 출판사의
　동의를 받아야 합니다.

※ 가격은 뒤표지에 표시되어 있습니다.